LA FEMME DE PAPIER

FRANÇOISE REY

LA FEMME DE PAPIER

EDITIONS RAMSAY
9, rue du Cherche-Midi — Paris 6e

ISBN : 2.85956.779-8

Avertissement au lecteur

Lecteur,

Il est courant d'ouvrir un livre et d'y rencontrer, aux premières pages, un homme et une femme qui ne se connaissent pas encore, que l'on découvre séparément, et que l'on voit peu à peu se croiser, se plaire, s'aimer. Il est banal aussi, je crois, d'arriver, après quelques chapitres de mise en condition, à des épisodes plus intimes et plus savoureux. Les histoires finissent souvent ainsi, ou du moins passent, à un certain stade de leur maturité, par la communion charnelle de leurs héros, et certains écrivains excellent à ce genre d'apothéose savamment préparée.

Ce livre-ci échappe, par son architecture au moins, à ces règles classiques de la narration. La femme qui écrit rêve, ou se souvient, de son amant qui le lui a peut-être demandé, et des rendez-vous qu'ils eurent peut-être. Mais son cheminement spirituel va à l'encontre des parcours ordinaires, et l'amène peu à peu à une découverte surprenante, celle de la forêt que cachaient les arbres, tant il est vrai que le sexe mène à tout, y compris à l'amour...

On ne s'étonnera donc pas de trouver au terme de cet itinéraire inversé la dédicace, qui, dans un autre ouvrage, eût dû figurer sur la page de garde...

Chapitre premier

J'étais en ce temps-là une maîtresse timorée, et toi un amant conventionnel, hâtif trop souvent, et trop souvent imbu de ce rôle que tu croyais ton privilège : celui de dispensateur de plaisirs sans cesse renouvelés.

Ma quête était autre : j'avais envie de tendre séduction, et point d'assauts frénétiques. Ton dynamisme brouillon me fatiguait. Ma réserve te décevait.

Nous nous étions rencontrés, puis appartenu platement. Nous nous apprêtions à nous quitter plus platement encore, si tant est qu'on puisse appeler « se quitter » l'interruption de relations épisodiques et, comme je l'ai déjà dit, assez peu harmonieuses...

Quel bizarre sursaut — tristesse soudaine et sans doute déjà clairvoyante de te perdre sans rien tenter, ou bien orgueil de te montrer que, sur le papier au moins, je savais faire preuve d'audace ? —, quel bizarre et impudique sursaut me poussa à te proposer, puis à t'écrire cette première lettre ?

Mon amour interdit,
Mon compagnon de plaisir,
Mon copain des moments drôles,

Viens, je t'emmène dans une divagation de bonne femme rêveuse, au cœur tendre et au ventre désœuvré. Je t'emmène avec moi parce que tu vas m'inspirer, et aussi parce que tu as semblé intéressé par la proposition. Je m'applique pour être lisible, mais si je ne le suis plus tout à l'heure, il ne faudra pas m'en vouloir, ce sera de ta faute...

Donne-moi ta main, ta main carrée, plus grande que la mienne, plus chaude aussi, et qui n'a jamais eu la patience d'apprendre à être assez douce... Suis-moi dans cette pièce tiède, intime, presque obscure où l'incompréhensible hasard nous amène, tous les deux, sans souci de personne à qui rendre des comptes, sans préoccupation du temps qui passe. Sans arrière-pensée non plus ; car pourras-tu l'imaginer, nous ne sommes pas là pour ce qui nous réunit d'ordinaire, et nous tient lieu de complicité ! La preuve, je suis abandonnée à la volupté d'un fauteuil exquisément moelleux, un de ces merveilleux fauteuils si vastes pour un, mais un peu petits pour deux. Et je téléphone. A je ne sais qui, qui me dit je ne sais quoi, c'est sans importance, je réponds « mmmoui ! » de temps à autre, parce que la voix de mon interlocuteur a un effet soporifique puissant, et aussi parce que tu es là, assis par terre à mes pieds, et que tu me caresses les jambes à travers mes collants, très négligemment, du bout des doigts, comme si tu pensais à autre chose. C'est un effleurement plutôt qu'une caresse, mais Dieu que c'est bon, je passerais des heures ainsi à l'écoute de tes doigts qui recréent, à travers les mailles d'un nylon très complice, mes chevilles, mes mollets, mes genoux... Et le creux, derrière les genoux, je ne t'en parle même pas !... Je crois bien que j'ai gémi au téléphone !...

Que tes mains sont habiles, ce soir ! Comme elles vagabondent bien sur moi ! En voici une qui se hasarde plus haut sous ma jupe... Non ! Elle redescend... Elle arrive à mon pied, ça n'est pas mal non plus, je le sens qui s'émeut à l'autre bout de moi. Peut-on jouir par le pied ? Ah ! encore une main. Celle-ci est plus hardie, sans en avoir l'air, elle s'insinue doucement entre mes cuisses. J'ai bien envie de lui souhaiter la bienvenue, de m'écarter un peu, mais ma jupe est trop serrée. C'est un supplice délicieux de désirer s'ouvrir et d'en être empêchée. L'entrave finit par devenir aussi excitante que la caresse, et pourtant la caresse se fait de plus en plus précise... Je n'ai pas le courage de bouger pour enlever ma jupe, d'ailleurs, ça gâcherait tout peut-être... Mais je n'ai pas celui, non plus, de contraindre mon corps à l'immobilité. Il commence à se tortiller d'une façon que je qualifierais d'indécente, car j'ai encore la tête froide, si le reste commence à chauffer. Et je demeure là, à écouter cet intarissable téléphone, et à regarder ma jupe tendue à l'extrême (c'est sûr, elle va craquer !) parce que mes genoux ont un furieux besoin de se séparer. Quant à tes mains, qui ont compris leur pouvoir depuis longtemps, elles abusent nettement de la situation... Tu vois, tu me fais creuser les reins, et mes fesses se contractent d'une drôle de façon. Ça devient critique.

Il y a un quart d'heure, j'ignorais totalement que j'avais un sexe. Eh bien, je ne peux plus l'oublier. Il est tout chaud dans ma culotte, et je le sens qui bouge de partout. Comme une bouche qui tète, comme un animal vivant qui respire, comme un cœur qui bat. J'ai un petit moteur tout en bas du ventre, qui pompe tout seul. Il est vibrant, tout mouillé, il appelle un attouchement plus direct, une caresse plus concrète. Je suis obnubilée par ma forme, qui prend vie sous tes doigts. J'ai tout à coup conscience de mon vide, de mes trous, de mes replis...

Comment puis-je passer la majorité de mon temps sans me rendre compte que je suis partagée, là en bas, par un voluptueux fourré qui ne demande qu'à s'ouvrir, une fente toute moite, très longue, de mon ventre jusqu'à mon cul, qui, bien entendu, participe à la fête ? Je le sens qui palpite aussi, en même temps que l'autre trou ; ils s'entendent très bien, ces deux-là, pour les cochonneries, je t'assure. Je n'ai plus rien à dire, ils battent à l'unisson, ils se crispent et se dilatent ensemble, ils me font une sarabande infernale, dis, il faudrait faire quelque chose...

Tant pis si ma jupe est froissée. Je la remonte tant bien que mal d'une main (l'autre toujours sur le téléphone !). Ah ! j'ai une drôle de ceinture de plis autour du ventre, mais les jambes libres. Pendant que je soulevais les fesses pour me soulager de ma contrainte, tu as saisi mon collant. Très bien ! tu sais profiter des occasions !... Je respire mieux... Façon de parler, parce qu'en même temps mon souffle aussi prend des libertés. Je ne suis donc plus maîtresse de rien, ni de mon bassin, qui continue ses mouvements d'avant en arrière avec une belle impudeur, ni de mes poumons qui se mettent à faire n'importe quoi. C'est vraiment pratique pour téléphoner !... Mon Dieu ! C'est vrai qu'il y a encore la culotte ! Mais pourquoi je m'habille autant le matin ? Elle ne semble pas trop te gêner, cependant, tu joues avec l'élastique autour des jambes. Tu as glissé tes deux index sous la petite dentelle, et tu suis du bout des doigts ce chemin balisé. Ah ! j'adore positivement cette symétrie ! Tu pars du creux de l'aine, je sens tes ongles qui glissent sur mes poils, et tu arrives sous mes fesses. Puis tu remontes.

Si tu allongeais un peu les doigts, tu pourrais toucher mon con. Je suis sûre qu'il te goberait, il est déchaîné. Ou mon cul, alors ? Mais tu ne veux pas, ça ne t'intéresse visiblement pas, malgré toutes les avances que mon corps te fait, tu restes très maître de la situation, de la cadence et du mouvement.

Je dois bredouiller des trucs incompréhensibles au téléphone, on me demande de répéter. Non, arrête, je ne sais vraiment plus ce que je dis, il faudrait que je me redresse, que je me cale au fond du fauteuil, que je croise dignement les jambes. Au lieu de cela, je suis tellement allée à la rencontre de tes mains que je suis assise sur la pointe des fesses, tout au bord du siège, le buste à demi couché dans ses profondeurs, et les jambes ! Oh ! Quelle horreur ! On ne peut pas être plus consentante, plus offerte... Je mourrais de honte à mesurer l'espace entre mes pieds, où tu te blottis assez intelligemment. Détail horrible entre tous, mes pieds ne sont même pas à plat par terre, mais tendus, crispés sur leur pointe. Ils savent d'instinct qu'ainsi ils participent à mon offrande, et que je suis encore plus ouverte.

Non ! quel spectacle je dois donner ! C'est furieusement excitant... Heureusement il y a ma culotte, qui sauvegarde un peu de mes secrets. Plus pour longtemps, d'ailleurs, tu t'amuses à en tirer l'entrejambe tantôt à droite, tantôt à gauche. C'est un geste qui navre mon reste de pudeur et qui achève de me mettre le feu à la chatte. Mais enlève-là, cette culotte, enlève-là donc et regarde-moi ! Regarde-moi qui palpite, qui n'en peux plus... Tu vois ? Qu'est-ce que tu vois ? Tu la vois, cette bouche qui t'appelle, qui te demande impérieusement ? Tu sais, elle bouge toute seule, ce n'est pas moi, je n'y suis pour rien ! Il y a tout au fond de mon ventre quelque chose qui pousse et qui aspire et qui s'énerve. Non, ne mets pas ton doigt là ! Ça, c'est trop sensible, tu ne sauras pas toucher comme il faut, c'est un clitoris explosif, je le sens qui bande très fort, si tu l'effleures, je vais jouir et je me sentirai toute vide parce que je ne t'aurai pas eu en moi.

Je sais ce qu'il me faut ! C'est ta queue, tout de suite ! Dire que je ne pensais plus que ce type-là avait une queue ! C'est phénoménal, des oublis pareils ! Rien que de l'imaginer, j'ai le con tout serré, tout petit, tout fou... Viens ! viens ! Montre-la-moi, déboutonne-toi ! Non, ce n'est pas le moment de me taquiner, tu vas me faire pleurer d'angoisse ! Ah ! putain de téléphone ! Tu recules malicieusement et tu m'échappes. Mais j'ai des pieds aussi, tu sais. Si je place mon pied doucement là entre tes jambes, et que je te caresse les couilles, tu ne reculeras plus, hein ? A travers ton pantalon, je sens ta bite très grosse... C'est formidable un pied, ça comprend plein de choses... Ah ! j'ai attrapé le bouton de ta braguette. Non, je ne lâcherai pas le téléphone, si je raccroche, j'ai l'impression que le charme sera rompu... Je te tiens ! Les boutons, les fermetures éclair, d'une main, ça va encore, mais tout le reste !... Mais tu vas m'aider... Tu n'as pas envie de me la mettre ? Dis ? Regarde !

Ça y est, ma main droite a lâché ton pantalon pour se livrer à une exhibition pas possible. La situation est trop urgente pour que j'aie le temps ou la force d'ôter complètement ma culotte. Mais comme elle n'est pas très serrée, je te ménage un passage, tu veux ? Sur le côté. Droit ou gauche, tu as une préférence ? Dis ? Ah ! tu sembles capituler, tu baisses ton pantalon et ton slip, tu es toujours à genoux devant moi. Wouah ! Qu'elle est chouette, ta queue ! C'est vrai que j'en suis amoureuse. J'en ai envie, j'en ai une envie folle. Je vais te la bouffer, te la pomper, je vais l'avaler tout entière... Je voudrais la toucher, mais si je tends la main, je lâche la culotte, et ça referme le passage. Ah ! je vais coincer le combiné du téléphone contre mon épaule. Comme ça, une main pour la culotte, une main pour ta bite. Je l'attrape, elle n'est plus si farouche... Approche, approche-toi ! Tu t'amuses à me faire languir, c'est très mal. On ne joue pas comme ça avec une femme toute tendue, toute mouillée et qui se donne si fort !... Je sens ta bite qui bouge dans ma main. J'ai une faim terrible, j'ai l'impression d'être toute petite, tout affamée, et que le biberon est là, à dix centimètres. Je suis à la fois un petit animal innocent torturé d'un besoin impérieux, et une bacchante déchaînée et lubrique.

Mon corps, qui vient de prendre le pouvoir, se livre à des obscénités sans pareilles, et m'envoie promener si j'essaie de le maîtriser. Ma jambe droite célèbre l'anarchie en se posant sur l'accoudoir du fauteuil, l'autre ferait bien la même chose de l'autre côté, mais c'est un peu loin. Quoique, en cherchant bien... Mes doigts qui écartent ma culotte s'aventurent à l'entrée de mon con ; je te fais un chemin royal : c'est lisse et doux, tout trempé, et ça réagit vite, je te prie de le croire ! Ta bite aussi a envie, la voilà enfin... attention, doucement, juste le bout, s'il te plaît ? Tu l'as posée toute chaude entre mes lèvres, et tu t'amuses au bord de moi, qui te réclame. Encore un peu, viens ! Et comme tu fais mine de reculer, j'avance vivement à ta rencontre et j'engloutis la moitié de ton sexe, avec comme un cri de joie qui vient de tout mon être à la fois. Mais tu es encore très stoïque, et tu organises une cadence ferme et douce, très régulière, insupportable.

J'ai laissé échapper le téléphone. Ma main gauche a saisi ta queue à la racine, pour mieux apprécier sa raideur et ses mouvements, pour les accompagner, les encourager, les accélérer, les freiner, je ne sais plus. La droite, que je retiens depuis si longtemps, s'est envolée et a fondu sur le détonateur : un clitoris agacé à en crier. Il y a une mer, un océan de plaisir qui bat ses vagues énormes dans mon con, mon sexe tout entier, et rien ne pourra changer le rythme de ce flux et de ce reflux, même si je supplie « plus fort ! » ou « plus vite ! ». Je sens ta queue qui m'envahit, puis qui se retire. Je connais sa forme, son volume, je reconnais avec des milliers de nerfs à la fois sa tête douce, toute ronde, et aussi sa fente, le bourrelet du prépuce qui la déshabille, la longueur du manche. Je sais que tu vas te reculer jusqu'à la faire presque sortir de moi, et je serai alarmée, inquiétée jusqu'à la douleur, et puis tu vas revenir, comme plus fort, plus gros, plus raide. Je pousse à ta rencontre, et j'aspire pour te retenir. C'est un ballet extraordinaire, sur une musique qu'on entend tous les deux, et mon corps tout entier est soulevé par cette symphonie. Tiens ! A force de chercher, le pied gauche a trouvé l'autre accoudoir... J'ai l'impression d'être écartelée jusqu'à l'âme. Je suis complètement à toi, si tu me laissais maintenant, j'en mourrais ! Sens-tu comme je t'appartiens ? Une main crispée sur tes cheveux, et l'autre fanatique sur mon clitoris, absolument abandonnée à ta possession, toutes mes muqueuses accueillantes, soumises à ta loi, je ne désire que ta bite qui me baise, je la veux passionnément. Prends, prends-moi, prends tout, baise-moi et regarde-moi, écoute-moi venir à toi... Ça remonte à très, très loin : j'étais une femelle des cavernes, et tu me prenais déjà, et je tendais les fesses sous la pénétration de ton énorme boutoir... Tu as tout pouvoir sur moi, baise, baise, viens me foutre, me mettre, me niquer, tu vas me tuer et me mettre au monde...

C'était un orgasme digne d'une épopée préhistorique... J'ai sans doute crié des choses que tu aimes entendre, et l'animal que tu as déchaîné en moi hurlait sans vraiment le vouloir, et la pute que j'adore devenir parfois savait très bien ce qu'elle disait.

C'était bien, très bien, merci. Et toi ? Ah ! Ça, c'est une autre histoire ! La prochaine fois, je te jure que je te pomperai jusqu'à la moelle, et que je te ferai cracher ton foutre, et peut-être même que je te ferai crier !...

Il est permis de rêver...

Chapitre II

Je t'avais remis cette première missive de la main à la main, sans la confier à la poste, comme pour en assumer l'entière responsabilité. Tu me la rendis quelques heures plus tard, l'œil allumé. Je soutins héroïquement ton regard : ma récompense fut l'intérêt que j'y lus...

« C'est un mode d'emploi ? » me demandas-tu gentiment. Et je sus à cette minute qu'il me serait plus facile désormais de domestiquer ta bonne volonté...

« Très incomplet..., répondis-je.

— Alors j'attends la suite avec impatience ! » dis-tu.

Un rapport nouveau était né entre nous, combien plus passionnant... Ta curiosité me flattait. Je me mis en devoir de ne pas la décevoir.

C'était un jour, miraculeux entre tous, où je pensais à toi sans oser trop t'attendre. Miraculeux, parce que tu es tombé au creux de mon lit, qu'une longue rêverie venait de chauffer au soleil de mes fantasmes. La lumière de ton pull-over vert a éclairé la chambre, que le matin pluvieux laissait dans la pénombre. La lumière de tes yeux, plus jaune, m'éclaira tout entière.

Tout de suite, je t'ai voulu... Tu t'es déshabillé, et je me demandais si j'aurais la force de t'attendre, le désir de toi me faisait onduler sous les draps. Quand tu m'as rejointe, tu avais un peu froid, tu m'as trouvée brûlante, et c'est vrai, je brûlais. Que ta peau était douce, et affolant ton corps !... Tu m'as tourné le dos ; mon ventre s'émerveillait à épouser tes fesses, et je t'ai caressé ainsi, en pressant contre toi mes seins qui bandaient fort, mon nombril, mon pubis, mes cuisses. J'ai mélangé mes jambes aux tiennes, je les ai nouées autour de toi, et mon sexe, qui s'ouvrait dans l'étreinte, s'écrasait sur ta peau... Mes bras ont entouré ta taille, et mes mains se sont livrées, sur ton ventre, à d'impatientes fouilles. J'ai trouvé ta queue, toujours sans rien voir de toi que ta nuque épaisse, ton dos attentif, et ce cul insolent qui me ferait regretter parfois d'être une femme...

Ta verge, captive entre mes doigts, palpitait un peu, mais point si rebelle, point si vindicative que j'avais appris à la connaître. Et mes mains s'étonnaient à cette langueur nouvelle, et mon corps s'énervait, piaffant et déçu... Tu m'entendis penser, tu parlas de fatigue, ou de grippe peut-être. Le mot me provoqua : j'eus envie, tout à coup, de te donner la fièvre...

Que toutes les putains de la terre m'inspirent ! Saurai-je trouver les gestes, les mots, les rythmes qui te transformeront en un mâle pantelant et fou d'envie ? Saurai-je inventer les caresses, retrouver l'art d'aimer des vieilles courtisanes qui faisaient bander les homme jusqu'au ciel ? Cette passivité si douce, si inhabituelle, que j'ai tant de fois appelée en vain chez toi, et que tu m'offres aujourd'hui, c'est un défi, un coup de fouet à ma vanité féminine et à mon désir. O contradiction !... Je ne te veux plus indolent et abandonné, je te rêve fier, farouche, exigeant, avec une bite comme une colonne, et je serai l'adoratrice de ce monument, et je me laisserai empaler en fermant les yeux, déchirée et comblée, martyrisée, émerveillée, écartelée entre la douleur et la jouissance. Je suis à fond pour les religions phalliques ; je me ferai prêtresse, je célébrerai ton culte avec mes mains, avec ma bouche, avec mon con et mon cul et mon corps tout entier. Je veux te faire venir une trique formidable, qui se souvienne des zoos fabuleux où l'homme et le cheval ne faisaient qu'un.

As-tu compris à quel point je suis résolue ? Tu te livres à mes attouchements avec bonne volonté, et je peux lire dans ton regard une curiosité qui m'encourage... Sais-tu que j'ai décidé de faire de toi l'homme le plus puissant de l'univers ? Regarde bien, regarde pousser entre tes jambes cette queue monstrueuse qui te mettra à l'égal du faune, du satyre, du dieu qu'une forêt mythique cachait en ses fourrés : lorsqu'il sortait des buissons, sa queue le précédait de si loin qu'elle semait l'épouvante dans le ventre des femmes, et l'envie sous la tunique des hommes... Je te caresserai aussi longtemps qu'il le faudra, j'ai l'éternité entière devant moi ; je suis la première femme du monde, la plus belle, la plus habile, la première salope, et cette histoire de serpent que l'on raconte, je peux bien te le confier, a été drôlement trafiquée. Je vais te dire comment ça s'est passé : tu étais là devant moi, premier homme et unique, mon miroir, mon double, à quelque chose près. Quand j'ai touché ta différence, elle s'est émue. J'ai voulu la charmer, je l'ai longuement flattée de la main, et même des deux. Je l'ai étirée, je l'ai palpée, massée, branlée ; plus elle gonflait, plus elle me fascinait. Le serpent, c'est moi qui l'ai inventé !... Et nous revoilà, pour un remake plus récent de tellement de siècles, cependant si semblable à la version originale.

Je suis à genoux entre tes jambes, ta servante, ton humble esclave et pourtant ta maîtresse, et mes mains se rappellent des millénaires de savoir-faire, de savoir-plaire. Elles courent sur toi, se séparent, se rejoignent... Chacune sur l'une de tes cuisses, elles remontent à la même vitesse et se retrouvent sous tes testicules, en soulignent la forme ronde en les épousant d'un geste de prière ou d'offrande ; tes couilles semblent faites pour reposer dans la coquille de mes mains. Encore que « reposer » ne paraisse pas le terme tout à fait adéquat, car je les sens bouger dans mes paumes, durcir un peu, comme mûrissant sous l'effet d'une puissante alchimie. Ton manche aussi, que je roule entre mes doigts, mûrit. Je le lâche pour redescendre à tes cuisses, que je force un peu, je reviens à lui en m'égarant d'abord dans le sillon intime qui partage tes fesses, je l'attrape, je le sers très fort, je m'amuse à des mouvements de coulisse qui, visiblement, le survoltent. Mais je le veux plus gros encore, plus tendu, plus impérieux. J'appelle mentalement à mon secours toutes les geishas du Japon lubrique, toutes les masseuses d'un Orient de légende, j'appelle les petites putes chinoises aux doigts si délicats, les filles de Hambourg, d'Amsterdam, de Berlin, les suceuses, les pipeuses aux gestes sans scrupules, aux ordures démoniaques, les branleuses de Saigon qui se laissent enculer, toutes les vicieuses, les tapineuses dont le métier est l'homme, j'en appelle à leur savoir, à leur science, à leur art... Comment s'y prit Calypso, la nymphe bouclée, pour retenir Ulysse si longtemps en son île, pour lui mettre le feu aux couilles ? Elle était magicienne et savait les incantations et les formules. A son autel, le héros d'endurance était là, prisonnier, ébahi du pieu qu'elle avait fait jaillir au bas de son ventre. Je deviendrai Calypso pour toi, je te ferai tout oublier, hormis l'horrible tourment d'une bite démesurée, enflée à éclater, et qui bat à la recherche de la délivrance.

Toi aussi tu te tortilles, tu as envie de foutre, mais je commence à savoir la manière de reculer toujours. Je t'ai pris dans ma bouche, mais tu y tiens à peine, je t'agace avec ma langue et mes lèvres, et mes mains te branlent en même temps que je te tète.

Je vais te traire, Ulysse, Tristan qui bus le filtre et ne cessas plus de bander jusqu'à la mort... Je vais te pomper, t'aspirer, mais pas encore... Je t'aimerais encore plus affolé, encore plus dément ! Que se lève en toi le rut fou des grands singes d'Afrique, des grands nègres, de tous les géants de la création... Tu vois cet élastique, sur la table de nuit ? Je vais te nouer la queue, te l'étrangler jusqu'à ce que la congestion devienne insupportable, jusqu'à ce que ta pine menace d'exploser. Trois tours à la base, tu te sens serré ? Regarde : elle ne t'appartient plus, elle danse une danse échevelée. Comme elle est enflée ! C'est la première fois que je te vois mouiller. Tu vois, c'est un énorme fruit gorgé de jus qui coule au soleil. Tu as une queue végétale : une formidable racine torturée, noueuse, écarlate, obscène et délectable. Ce que tu es bandant, comme ça ! Aux deux sens du terme, d'ailleurs. Mais je suis plus avide de ton propre plaisir que du mien. Tu me cherches, tu voudrais me monter, me sauter et ta queue, malade de désir, fait n'importe quoi contre mon ventre. Non ! c'est moi qui te chevaucherai, c'est moi qui vais te faire l'amour, te baiser. Tu te rends, tu n'en peux plus de ce gigantesque zob qui ne demande qu'à se fourrer n'importe où, dans un trou, à s'y frotter, à y éclater. Je ne me toucherai pas une seule seconde. Je suis parfaitement maîtresse de la situation ; je descends doucement sur ton pieu, très doucement, et je remonte ainsi.

J'ai des ressorts d'acier dans les cuisses, et un aspirateur dans le con. Ne bouge pas ! Je peux te baiser ainsi pendant une heure si tu veux. Ne bouge pas, te dis-je. Sens bien tout : ta bite enfouie jusqu'aux poils dans ma chatte, sucée, aspirée, recrachée très lentement, très, très lentement. Une heure, si tu veux...

Non, en quelques secondes tu as abandonné la lutte. Tu as soulevé les reins et fermé les yeux. A ce moment-là, j'ai été si fière que j'ai oublié de mettre mon doigt sur mon clitoris...

Tu as été un peu dépité, considérant que tu venais de vivre une espèce de défaite, et négligeant de célébrer mon espèce de victoire... Odieux bonhomme, mon cher amour, quand comprendras-tu que ta reddition me fut plus douce que ta raideur, et que je garde en moi le souvenir de ton plaisir comme celui d'un émouvant aveu ?

Chapitre III

« Très intéressant, très, très intéressant... » Tu avais ton sourire de vieux petit garçon ironique, et une sorte d'impatience de tout ton grand corps, que tu semblais contraindre à l'immobilité au prix d'un louable effort.

« Alors ?... Quand ?... »

Cette elliptique question, et l'étincelle de ton regard malin, et tout le feu que je sentais en toi m'arrachèrent un éclat de rire.

« Attends, attends encore !... »

Le soir même, je t'écrivais ma troisième lettre.

Cher sale bonhomme,

Qu'est-ce qui peut t'intéresser encore chez une femme que tu as déshabillée, dont la pudeur a capitulé sous tes regards, gémi sous tes caresses, crié dans l'étreinte ? Au-delà de toutes ses tendresses, de tous ses baisers, de tous ses dons, de tous les mots qu'elle osa prononcer, de tous les gestes qu'elle osa accomplir, que reste-t-il à la maîtresse de bonne volonté pour captiver davantage son amant ?

Il demeure un secret, que, bien sûr, il convoite : ce qu'elle n'eut jamais l'audace ni de dire, ni de faire, ce qui passe furtivement sous ses paupières, qu'elle tient obstinément closes à l'approche du plaisir, ce qui hante, aux heures de délire et de fièvre, sa tête de bonne femme par ailleurs raisonnable...

Tu veux des images, des paroles, des histoires qui te feront d'autant plus bander que tu en connaîtras l'auteur, et comme justement je n'ai pas (je ne dois pas avoir) d'autre prétention que celle-là, voici :

Il arriva un soir où notre tendre complicité, notre commun amour de la drôlerie et de la fantaisie, et peut-être aussi quelques verres de champagne, nous entraînèrent plus loin que j'aurais pu le dire, toi qui m'avais expliqué quelquefois que les « accessoires » en amour ne t'avaient jamais excité, et moi à qui ma réserve (je te défends de sourire) avait donc interdit toute provocation...

Mais ce jour-là, je revenais de G. où j'avais, comme chaque fois que je me rendais chez moi, pillé les armoires de mes grand-mères. Je rapportais un butin peu ordinaire de linge « Belle Epoque ». Comme je t'énumérais le contenu de ma valise, tu regrettas que n'y figurât point le fameux porte-jarretelles qui affolait les hommes dans les années 50. Parce que tu venais de manifester, pour la première fois, un intérêt quelconque pour un objet « libertin », je me mis en devoir de te démontrer que nos grand-mères, en leur temps, n'avaient rien eu à envier aux créatures de ces « Paris-Hollywood » qui faisaient bander nos pères.

D'abord, à même la peau, elles portaient une « chemise de jour », petite tunique trop courte pour cacher l'essentiel, et dont les brides semblaient étudiées pour glisser nonchalamment sur les épaules. Celle que j'enfilai parvenait juste à m'agacer, de la dentelle de son décolleté, la pointe des seins. Le pantalon, à première vue, paraissait plus décent, puisqu'il cachait les cuisses et se fermait sur les genoux par deux cordons apparemment fort pudiques. Le corset, très rigide, et que je te demandai de serrer fort dans le dos, me creusait la taille, mais respectait, ou plutôt accentuait le galbe de mes hanches, déjà épanoui par lui-même et qui me fait ressembler à une femme d'un autre temps, égarée au xxe siècle. Quant à ma poitrine, la raideur de l'armature, qui la soulignait d'une double conque de rubans, en exagérait la rondeur et l'arrogance, et je crois bien que tu eus tout de suite envie de mordre à ces pommes offertes en leur corbeille de frou-frou. Ainsi affublée, je pouvais passer pour une de ces gravures polissonnes du début du siècle, qui firent trembler de convoitise tant de moustaches vénérables. Toi, tu semblais amusé, peut-être un peu attendri, mais point tremblant... Alors je t'ai montré l'obscénité cachée de ma culotte. J'ai mis le pied sur une chaise et je t'ai dit : « Regarde ! » Dans la blancheur du linge, mes poils semblaient plus noirs. J'ai écarté d'une main la fente complaisante du sous-vêtement pour bien tout te faire voir, et, du bout des doigts, j'ai écarté aussi celle, plus intime, qui partage le bas de mon ventre. Et tu as contemplé, déjà allumé, ce jeu télescopique et voluptueux de failles, la blanche autour de la noire, et la noire servant d'écrin à la rose, plus vivante, plus nacrée, plus palpitante. Mes doigts s'amusaient dans leur rôle de guides touristiques, ils ouvraient pour toi un passage dans un fruit délicat et juteux, accueillant comme une pêche qui vient d'éclater au soleil, vibrant comme un coquillage dont on a forcé le secret...

Tu t'es levé ; tu avais un drôle d'air... Tu m'as prise aux épaules, et tu m'as tournée vers la glace de l'armoire. « Regarde, toi aussi ! » Il y avait longtemps que je t'avais donné l'habitude d'être obéi ; j'ai regardé. Quel délicieux tourment de se surprendre ainsi dans sa débauche ! Je suis debout devant le miroir et mes « vêtements » me déshabillent plus qu'ils ne me couvrent. La pointe de mes seins, dressée, d'un rouge un peu sombre, ponctue doublement un feston de broderie, et dans l'échancrure du pantalon, que ma jambe sur la chaise fait bâiller à souhait, on devine un drôle d'animal, mi-fourrure, mi-chair vive. Tu es derrière moi, tu me regardes me regarder, et la lumière de tes yeux a quelque chose qui me fait presque peur...

Je me détourne de notre double reflet pour chercher sur toi la preuve de cet émoi qui teinte en jaune tes prunelles de diable lubrique. Ta queue n'est pas fourchue, mais elle enfle ta braguette d'une façon éloquente. Comme tu fais vite pour jeter tes habits ! Te voilà nu, avec au bas du ventre une pine farouche, qui barre notre image dans la glace d'un arrogant point d'exclamation. Tu m'attrapes par le bras avec détermination, tu t'assieds sur la chaise et tu m'attires à toi de dos.

« Ouvre-toi bien et dis-moi ce que tu vois. » En même temps que la voix, le geste est impérieux qui m'empale de force sur ton pieu. Avec tes jambes, sur lesquelles reposent mes cuisses, tu écartes les miennes... Ce que je vois ? Oh ! Pourrai-je trouver les mots ?... Je vois une femelle écartelée à la chatte grande ouverte, je vois tes couilles sous mon cul, et ta bite enfoncée dans mon con si mouillé qu'à chaque mouvement on entend comme un petit clapotis... Je vois mes mains gagnées par la folie qui essaient de m'ouvrir davantage, je vois les tiennes qui les guident vers tes couilles et exigent la caresse, je vois ma danse échevelée, qui t'engloutit et te rejette sur une cadence de piston bien rodé, je vois ta queue très dure, très grosse, je ne la vois plus, je la vois, je ne la vois plus... Qui a inventé les miroirs ? Qui eut l'idée le premier de se découvrir, de jouir de son image, de se branler devant la glace, de baiser avec son reflet ? Depuis Narcisse, il y a des psychés dans tous les bordels et j'en comprends la raison aujourd'hui, savourant le double plaisir de l'acteur et du voyeur, la trouble jouissance de regarder un film cochon dont je suis, avec toi, la vedette. L'expression qui envahit mon visage est encore plus affolante à voir que le jeu de mon con qui suce ta bite. C'est bien moi, cette créature concentrée à la limite de la douleur, hébétée par le plaisir qui vient, extasiée, délirante, ces yeux fous, implorants, cette chevelure hirsute et qu'un vent de tempête malmène, cette bouche qui supplie, qui dit « oui » et « non », et « encore », à moi cette tête de cavale mordue par l'étalon, et qui tend la nuque comme elle tend la croupe ?...

La joie me fait me dresser une dernière fois, les reins bien creusés, les cuisses tendues à craquer, il ne reste dans mon con que le bout de ta bite qui me secoue des derniers frissons... Et comme je vais soupirer d'aise pour marquer la fin du round, je te sens, toujours aussi rebelle, à la recherche sur moi d'une entrée plus secrète... Je n'ai pas le temps de protester vraiment que déjà tu as trouvé mon cul, et tu le malmènes de la tête de ton zob, qui est un horrible fouineur et arrive à se fourrer partout. Tu m'écartes les fesses des deux mains et tu forces le passage qui cède en m'arrachant un cri. Ça y est, tu es dans la place. Je suis bourrée à éclater, la douleur et la volupté se confondent, et malgré moi je me tortille sur ton dard. Le plaisir qui n'avait pas complètement décru reprend ses droits ; je suis pleine de toi, avec cette sensation déchirante de devoir te rejeter, qui me fait pousser, et de te désirer plus loin, plus au fond, qui me fait serrer le cul et descendre le plus loin possible sur ta queue. Mon ventre est habité d'un démon, je suis à toi plus intimement que jamais, je te donne tout de moi, et j'en arrive à cette démence qui mêle l'or à l'ordure et l'amour à la merde. Tu as choisi tout seul ce chemin de mon corps qui n'est autre qu'un égout, tu as voulu de moi le don de ma pudeur, celui de mes secrets, et la reddition des ultimes barrières, alors vas-y, pompe-moi par là aussi et pardonne-moi si se lèvent en moi de délectables divagations qui marient à la pornographie la scatologie. Tu me donnes une furieuse, une divine envie de chier, et c'est peut-être cela, jouir, une continence consentie, résolue, organisée jusqu'à l'éclatement.

Le miroir est toujours là, et je prends la mesure, à lever les yeux sur mon reflet ainsi empalé, du vide de mon con. J'ai un trou trop plein, et l'autre trop désert... Et mes doigts fébriles ne combleront pas ce vide immense que tu as su creuser là, en m'envahissant ailleurs... C'est l'instinct et le besoin, plus que la méthode, qui m'ont fait trouver cette bougie sur la table de toilette. Tu n'as rien vu, toi, tu es toujours assis et mon dos te masque le miroir. Tu n'es préoccupé que de mon cul qui t'aspire, et de mes commentaires que tu sollicites. Alors je vais te dire : je me branle le con avec cette putain de bougie qui tombait à pic, et je m'applique à bouleverser le sens de cette ridicule expression « tenir la chandelle », qui voudrait dire qu'on assiste sans participer. Pour la tenir, je te jure que je la tiens bien, et pour participer aussi, bon dieu, j'en connais un rayon ! Je suis des yeux, fascinée, le rythme incroyable de cette bite de cire que ma chatte avale et recrache, et je sens, au fond de moi, à travers une cloison élastique et vibrante, le choc de ma bougie avec ton cierge. Ah ! je ne manque pas de flamme, crois-moi... On peut dire que c'est ce choc-là qui a mis le feu aux poudres...

L'explosion a été dantesque. Je crois bien que de ton côté c'était assez réussi aussi...

Dis, si mes grand-mères me voient de quelque part, est-ce que tu crois que ça leur fait plaisir de reconnaître leurs frusques ?...

Chapitre IV

C'est tout de suite après que les choses se bousculèrent... Chacun de nos rendez-vous devint une espèce d'œuvre d'art que nous avions à cœur, l'un comme l'autre, de fignoler.

Tu avais retenu, de mes lettres, combien la patience et l'application pouvaient se révéler payantes. Et moi, je m'y étais convaincue des plaisirs d'une saine violence, bien orchestrée, consentie et même parfois attendue...

A la rencontre l'un de l'autre, nous progressions avec une curiosité infinie des gestes, des mots, des situations à découvrir encore, avec une passion fiévreuse de collectionneurs, avec la sagesse ambiguë de borner à la seule volupté nos préoccupations communes.

Nous nous plaisions désormais assez pour vivre ensemble une histoire échevelée, étrange, onirique...

Il arriva un jour où je ne sus plus rien te refuser. Parce qu'elle t'avait manifesté clairement un intérêt plus que flatteur, et parce qu'elle ne te laissait pas indifférent non plus, je me retrouvai, ce fameux mercredi, seule avec elle pour t'attendre. C'était la première fois que je conjuguais ce verbe-là, « t'attendre », qui m'était pourtant si familier, à la première personne du pluriel... J'avais accepté par complaisance, par lâcheté, par curiosité, par prudence aussi. Car je savais bien qu'un jour ou l'autre, de toute façon, tu ferais l'amour avec elle.

La jalousie, paradoxalement, me poussa à approuver, et même à organiser ce trouble rendez-vous à trois. Tous les jaloux te le diront : le plus terrible de leurs souffrances, ils le doivent à l'imagination. Je préférais donc voir et même agir plutôt qu'imaginer. Et je ne répugnais pas à participer, me disant que tu ne saurais jamais au juste à qui, d'elle ou de moi, tu devrais ta jouissance : ce doute-là, déjà, m'était une consolation. J'avais donc résolu d'être, plus que consentante, efficace.

Lorsque je me remémore ce jour-là, j'éprouve une véritable délectation en revoyant votre gêne à tous les deux. Avec moi, elle fut d'abord silencieuse, presque hostile. Quand tu parus, elle devint carrément confuse. Toi-même, très embarrassé, tu parlais beaucoup, avec de grands gestes, des grimaces et des rires, et j'aimais ta façon d'être timide, que je connaissais bien, mais qui ne la rassurait guère, elle. J'eus un instant la tentation de me laisser aller à une diabolique inertie, pour voir... Et puis non ! Il aurait été maladroit de te décevoir quand il pouvait devenir si facile de t'éblouir. J'eus la courtoisie de te laisser donner le coup d'envoi. Tu t'installas sur le canapé, nous pris chacune à ton côté par la taille, et déclaras : « Je suis un homme-objet, usez de moi comme il vous plaira. » J'étais à ta droite, mais c'était elle qui entendait battre ton cœur. Son air languide m'agaçait ; je l'eusse voulue plus latine, plus brune, plus chevelue, plus passionnée, plus directive. Pourtant, quand cette salope posa la main sur ta braguette, j'eus un instant la douloureuse tentation de la gifler...

... Mais au bout de quelques minutes, l'émulation nous tenait lieu de complicité : elle n'avait à sa libre disposition que sa main gauche, et moi la droite. A nous deux, nous vînmes à bout de ton pantalon, de ton slip, et sincèrement, je ne sais plus laquelle de nous deux s'empara de ta queue, que notre duo de caresses semblait avoir émoustillée à souhait...

Un petit jeu commença : elle te prit dans sa bouche, puis se retira. Je fis de même, incitée par le regard qu'elle m'avait jeté. Puis ce fut son tour, et encore le mien. Le manège dura fort longtemps : tu t'abandonnais sans vergogne et même, comme tu avais posé tes mains sur nos têtes, tu orchestrais d'une façon très rythmée nos allées et venues. J'éprouvais un plaisir double, et quelque part très ambigu : celui de te sucer, et celui de manger après elle. Ton sexe n'était pas comme d'habitude. Il avait la même forme et la même consistance, le même pouvoir évocateur, les mêmes soubresauts sous les titillements de ma langue, mais il avait un autre goût, une autre façon de glisser entre mes lèvres. Léché, désiré par une autre femme, il devenait le symbole d'un enjeu, mais également le trait d'union, voluptueux et magique, entre nos deux bouches, nos deux salives. Nous buvions, elle et moi, au même fruit, et je pris conscience tout à coup que la jouissance se multipliait pas trois : celle que nous te procurions, celle que nous éprouvions, et celle que nous offrions à l'Autre, à la Seconde, à la Rivale ; chaque fois qu'elle l'avait laissé échapper, elle voyait revenir à elle un dard plus gros, plus excité par la bouche concurrente...

J'eus plus envie, tout à coup, de son plaisir que du mien : je lui cédai toute la place, qu'elle accepta immédiatement. Elle se coula d'elle-même entre tes jambes où elle s'agenouilla, tout en restant suffisamment accessible toutefois pour que je pusse la caresser sous sa jupe. Ce que c'est qu'une convention tacite ! Et comme les femmes, qui savent si bien se haïr parfois, se comprennent également bien, de temps en temps !... Ses cuisses étaient d'une douceur suave lorsque je commençai à les frôler... J'avais aimé une femme autrefois, et la mémoire m'était chère des étreintes où nous nous étions confondues. Mes mains se mirent à se rappeler, en même temps qu'elles les redécouvraient, les rondeurs féminines, leurs attraits, l'élasticité d'une peau mi-soie, mi-velours, la chaleur souple et fondante de tissus délicats, la moiteur troublante de certaine vallée...

Elle resta à genoux, me tournant le dos, mais me facilitant la tâche par mille complaisances, écartant les cuisses, creusant les reins, s'offrant complètement à ma caresse tandis qu'elle te prodiguait les siennes, car elle te pompait toujours, et tu avais à tes pieds deux esclaves gigognes, en quelque sorte, l'une attachée au service de ta queue, et l'autre, encore plus humble, soumise à la première.

J'entrepris de la délivrer de ses vêtements. La jupe céda sans problème ; elle se tortilla pour que je vienne à bout de sa culotte. Il faisait chaud, elle avait les jambes nues et portait aux pieds de ravissantes sandales, qui éclairaient d'une note vive le bas de son corps complètement dévoilé. Elle avait surtout un cul très excitant, rond et mobile, aguicheur. Je me collai contre elle par-derrière et la pris par la taille. Comme elle était chaude ! Elle répondait à ma pression en tendant les fesses, et mes mains commencèrent sur elle un ballet délicieux, dont la chorégraphie devait plus à l'intuition qu'à la technique. Elles se glissèrent sous son tee-shirt, qu'elle portait à même la peau, sans soutien-gorge, trouvèrent sa poitrine, l'emprisonnèrent, l'évaluèrent, la flattèrent. Ses seins étaient plutôt menus, plutôt pointus, et combien frémissants ! Sous mes pouces, je sentais ses bouts qui durcissaient, qui bougeaient en cadence ; je me mis à les effleurer très doucement du plat de mes paumes grandes ouvertes. Le plaisir fut absolument partagé, ce chatouillement au creux de mes mains devint si suggestif, si troublant que je me découvris soudain une immense soif d'elle. Je glissais sur elle comme sur une guitare, un instrument sensible qui eût vibré génialement sous des doigts de musicien amoureux. Je quittai ses seins pour trouver ses hanches, pour prendre ses fesses. De rondeur en rondeur, je m'abandonnais... Ah ! oui ! plus d'intuition que de technique mais, désormais, et davantage que par intuition, les gestes qui me vinrent me furent dictés par mon désir seul, un désir fou de la posséder, de la combler, de la séduire, de la faire jouir. Je la voulais, je la voulais intensément, je voulais la prendre, la branler, la manger et la boire, découvrir son goût et son odeur la plus intime, et susciter en son ventre une tempête de plaisir. Je devins ta rivale quand elle cessa d'être la mienne, et j'entrepris de surpasser en charme et en talent cette bite démesurée que tu brandissais toujours, et qu'elle adorait toujours, à genoux devant toi. Tu emplissais sa bouche, et moi je fouillais sa chatte. Et je te prie de croire que mes travaux d'approche, savant dosage de douceur et de violence, ne restaient pas sans effet ! Elle mouillait sous mes doigts comme une fontaine, et je vis peu à peu ses genoux s'écarter pour faciliter mes investigations. Je la touchais à deux mains, complètement, consciencieusement. Je l'ouvrais comme on ouvre un fruit juteux en plein été, je vagabondais d'un bout à l'autre de sa fente, et au passage, je sentais même son cul qui m'appelait en palpitant sous mes doigts. Elle se releva un peu, elle n'était plus à genoux, mais accroupie et il me fut alors facile de la pénétrer, très profondément, très symétriquement. J'introduisis en même temps deux index dans son con, qui glissait comme de l'huile, et mes deux pouces dans son cul qui s'offrait si fort. Elle était chaude dedans comme dehors, brûlante, délicieuse, bandante à hurler. Je me suis amusée à pincer et à éprouver l'élastique cloison qui séparait mes doigts. J'ai coulissé dans son cul régulièrement et fermement, j'ai élargi son vagin de mouvements circulaires très lents et très doux.

Mes mains étaient d'une intelligence folle, qui la portaient tout entière, puisqu'au fur et à mesure que le plaisir l'envahissait, elle se faisait plus lourde sur mes poignets. Mais j'étais plus forte qu'Atlas à ce moment-là, et le fardeau qui reposait sur mes bras — une femme en délire mais bien élevée, qui ne criait pas la bouche pleine — était plus important que l'univers entier. Elle eut quelques mouvements rapides et verticaux : le galop d'un cheval de bois sur le manège, et je pris grand soin de l'accompagner dans son extase en la tenant très fort, et puis elle s'immobilisa, tendue, raidie, au sommet de la joie que je venais de lui donner.

Dans son extase, elle avait lâché ta queue, et je crois que c'est ce qui déclencha ta réaction, violente et savoureusement imprévisible... Tu étais à ton tour jaloux, et ce double pouvoir que je me découvrais tout à coup, celui de la combler et de t'en donner ombrage, m'envahit d'une fierté exquise. Mais je n'eus guère le temps de goûter mon triomphe. Déjà, tu l'empoignais, d'un geste ferme et précis. Tu l'as retournée, tu l'as assise sur toi, sur ta bite têtue, et je me suis retrouvée, moi qui n'avais pas bougé, devant vous et à vos pieds. C'est à toi qu'elle tournait le dos à présent, à moi qu'elle faisait face. Ses cuisses très écartées sur toi me révélaient le troublant spectacle de votre union. Je voyais ton dard enfoncé en elle, tes couilles un peu écrasées sous ses fesses et son sexe béant, moiré du flot qui venait de la submerger, nacré, luisant, hésitant entre le rouge sombre et le rose plus tendre. Je la scrutais éperdument, j'aurais voulu que mon regard la brûle, et il la brûlait sans doute, puisqu'elle gardait les yeux obstinément clos. C'est très impoli, ça, Madame, de ne pas regarder les gens en face ! C'est très impoli et c'est très bête, car il n'y a rien de plus délicieux que la honte à certains moments. Allons, petite sœur, ouvre les yeux et regarde-moi te regarder. Je te fais l'amour rien qu'avec les yeux. Lis dans mes prunelles et sur mon visage ce que je vois là, à vingt centimètres de moi. Déchiffre mon trouble et mon désir ; ma volupté à te contempler ainsi, femelle lubrique et dépouillée de tous tes secrets. Ta blessure est profonde, nette, précise. Les poils qui l'entourent la soulignent sans la protéger. J'apprends par cœur tous les pétales de ta fleur, l'écume de ton coquillage, je connais sans le toucher ton clitoris dressé, exacerbé. Je te fouille, je te détaille, je te savoure, je te lorgne sans scrupules. Je te vois pistonnée par le mâle, je te vois serrer ton con sur sa colonne, et le jus qui s'échappe de toi mouille peu à peu ses couilles, c'est fascinant et dégueulasse, et j'oublie à ce spectacle les dimensions du réel, je touche un univers fabuleux où la vie n'est qu'un accouplement, un univers mythique, millénaire, antédiluvien : vos sexes sont des mollusques incertains, moule, couteau, oursin, à la sève marine, à la chair baveuse et élastique, escargot étrange, limace visqueuse...

Je suis hypnotisée par vos noces ; mon cœur et mon ventre ensemble battent au rythme de ce ballet vieux comme le monde. Regarde-moi, petite pute qui te fais mettre, qui te fais bourrer et qui n'oses même pas soulever les paupières ! Tu as le con ouvert aux quatre vents et les yeux serrés sur un reste de vieille pudeur, hypocrite, salope, chérie qui souffres à te donner moins qu'à te retenir ! Si tu me regardes, si tu oses ouvrir les yeux sur l'humble témoin de ce mariage intime et captivant, je te suce. Tu entends ? Je te suce et je t'expédie plus sûr, plus vite et plus loin que cette grosse bite qui fourre ta chatte à l'aveuglette !

Elle n'a eu qu'un battement de cils qu'il était tentant de prendre pour une reddition. J'ai posé ma bouche sur elle et j'ai bu à la source. Elle était bonne comme une pêche, tiède, souple, juteuse et parfumée. Elle sentait la femme et l'homme à la fois, et j'ai embrassé du même baiser vos deux sexes en même temps, puisque tu la besognais toujours, la soulevant et l'abaissant par la taille à la cadence de ton caprice. Je faisais l'amour avec mes lèvres et ma langue, avec mes dents, à une drôle de créature hybride, mâle et femelle ; je léchais ta queue lorsqu'elle la quittait, et sa fente lorsqu'elle revenait s'y empaler. C'était bizarre et passionnant, tu avais le goût de son con et elle celui de ta bite. Vous étiez mouillés tous les deux, trempés, suintants, et je mélangeais ma salive à votre rosée, attentive et conquise pour la première fois à des bruits de marécage, des clapotis, des succions, toute une symphonie impudique et suggestive d'organes gluants.

Elle a joui encore, toujours sans crier, crispée à l'extrême et le ventre en avant, et ce plaisir-là nous réunit, toi et moi, que le précédent orgasme avait séparés. A faire trembler ensemble la même femme, nous venions peut-être de communier plus étroitement que si j'avais été à sa place, empalée à fond sur ton sexe.

Ce jour-là, nous en restâmes à cette paix tacitement signée, et nous nous quittâmes sans avoir cédé au plaisir facile, toi qui t'étais voulu, selon ton habitude, un héros d'endurance, et moi qui ne m'étais même pas déshabillée. Nous nous quittâmes amoureux et complices, devant cette petite fille, cette petite bonne femme qui, ayant bien joui de nous, éprouvait le troublant malaise de se sentir de reste.

Chapitre V

Tu avais été souvent brutal avec moi, à la limite du sadisme. Profitant de ta force et de ma faiblesse de femme, de femme amoureuse, qui plus est, tu m'avais infligé maintes fois des positions inconfortables, des rythmes fous, des caresses cuisantes, mille petites humiliations imposées de main de maître, mille petites humiliations qu'en esclave dévouée jusqu'à la tristesse, jusqu'à la douleur, je subissais, mille petites humiliations auxquelles je consentais avec cette joie désolée et éblouie des martyrs chrétiens. Ce qui ne m'empêchait pas de m'en plaindre ni de les dénoncer, et tu me répondais toujours : « Mais il faut te venger ! »

Or l'heure était venue !

J'avais une drôle d'envie de toi, une drôle d'envie vraiment. J'ai dit : « C'est aujourd'hui que je me venge, tu vas payer ! » Tu as eu le tort de répondre : « Si tu veux, tout ce que tu veux... » Tu n'aurais jamais dû... Il fallait d'abord que tu acceptes les règles du jeu, absolument, sans condition et une fois pour toutes. Car je connaissais tes promesses fallacieuses d'obéissance, de passivité totales, et tes brusques révoltes de dernier moment, tes tricheries, ta mauvaise foi. J'ai averti : « Il faut que je t'attache. » Parce que ma voix un peu différente, un peu anxieuse avait piqué ta curiosité (c'est ton énorme point faible, la curiosité !), tu as abdiqué : « Comme tu veux, tout ce que tu veux. » Tu n'aurais jamais dû !...

Tu t'es retrouvé écartelé aux quatre coins du lit, ligoté, ficelé. J'avais prévu des cordelettes pour tes chevilles et tes poignets, c'était un forfait parfaitement prémédité. La situation te semblait piquante, tu paraissais intrigué, mais dans tes yeux clairs quelque chose de sombre, une lueur presque orageuse est passée, et j'ai su que quelque part, tu avais un peu peur. Cette inquiétude-là valait son prix, car elle m'excitait plus encore que ton grand corps nu et livré sans défense à ma soif de représailles.

« Tu peux trembler, tu sais, je vais t'emmener où tu n'es jamais allé, et tu n'en reviendras que rompu, brisé, émerveillé, épouvanté... Pour la première fois, c'est moi le capitaine de vaisseau, c'est moi qui t'invite au voyage, à la tempête, à l'enfer... Je t'aime tant que je vais m'appliquer ce soir à te haïr, à te mépriser, à me servir de toi, à te réduire. Je te ferai gueuler de souffrance, de terreur, de révolte...

« J'éteins la lumière car il me faut l'ombre complète pour larguer les amarres, la nuit complice qui favorisera ma chimère et fera de toi ce que je veux que tu deviennes, et de moi ce que je rêve d'être l'espace d'un instant, d'un songe, d'un cauchemar...

« Me voilà contre toi, nue autant que toi, et je m'applique à reconnaître d'abord, dans la profondeur des ténèbres, car cette nuit est sans lune, sans lueur aucune, je m'applique à reconnaître des mains et de la bouche ton corps, mon domaine. Je cours sur toi, je te lis à paumes ouvertes, je te déchiffre en braille du bout des doigts. Voilà le dessous de ton oreille un peu courte, la ride profonde que la même grimace imprime depuis tant d'années à ton menton volontaire, voilà ton cou puissant et ton épaule ronde, l'intérieur de ton bras si doux qu'il paraît comestible, et je ne me gêne pas, je le lèche et le mords, et voilà encore le dessous de ton bras, moite et odorant, dont je reconnaîtrai l'effluve entre mille...

« Je me promène sur ta poitrine lisse, sur ton ventre jeune et élastique. Je m'insinue sous tes fesses qui me remplissent les mains, qui les débordent d'une chair ferme, rebondie, dynamique. Avec ma joue, j'éprouve la tiédeur de ton pubis, sombre végétation crépue et déjà barrée par ta queue, qui tressaute sous mon visage. Comme tu bandes vite, bien et fort ! C'est parfait, il faut aujourd'hui que tu bandes désespérément, comme jamais, que tu bandes comme on danse, comme on souffre, comme on prie, comme on crie. Du dos de la main, je flatte tes cuisses, longues et musclées, laineuses et douces comme deux beaux animaux racés, je les dessine, je les recrée, et les frissons que je te procure t'arrachent de petits gémissements de volupté. C'est bien... D'instinct, tu sais me plaire et ce que j'attends de toi. Sois très attentif, écoute tout ce que j'ai à te dire, ce que mes mains qui te cherchent dans l'ombre, ce que mes ongles qui t'égratignent un peu, ce que ma bouche vont te raconter... C'est une histoire terrible. Il était une fois... Il était une fois un homme qui se plaignait doucement parce qu'il était heureux. Dans le noir, quelqu'un de patient, quelqu'un d'habile, de démoniaque le caressait avec génie, comme on touche une œuvre d'art, un tableau de maître, un meuble de luxe, un fruit velouté. Et sous la bouche et les doigts de ce diabolique artiste, l'homme creusait les reins, soulevait les fesses, se tordait avec une lascivité sans nom, et offrait sa pine enflée où perlait une liqueur suggestive.

« Il se mit à geindre plus haut lorsqu'il sentit qu'on lui léchait les couilles d'une langue follement inspirée, une langue très chaude, très souple, mais aussi pointue parfois, une langue très mouillée, très enveloppante, imprévisible, savante, inespérée. Puis il devina des lèvres sur ses poils, qui s'amusaient à les démêler, à les défriser, à les tirailler si lentement, si méthodiquement qu'il crut devenir fou. La peau de ses bourses lui semblait brûlante, à vif, réceptive comme jamais, et comme rétrécie, car dans cette enveloppe si génialement titillée, il avait l'impression de mûrir deux noyaux très denses, très durs, prêts à exploser de plaisir... Et puis tout, les poils, la peau, les noyaux, tout disparut, gobé, happé par une bouche démente et démesurément avide ; il se représenta ainsi sucé, bu, avalé jusqu'à l'âme et sa bite en folie se mit à battre à grands coups saccadés, cherchant dans l'obscurité une caverne, un gouffre, un trou où se frotter et mourir... »

C'est ainsi que je nous voulais, toi la victime ravie, extasiée, humble à force de suppliques, et moi l'artiste, le bourreau qui promet et ne cède pas, le démon... On dit que les anges n'ont pas de sexe ; je devinai à cet instant que les démons n'en ont pas non plus, ou plutôt qu'il leur est conféré, avec la diablerie, une sulfureuse androgynie. Dans l'épaisseur de cette nuit où tu te tordais en m'appelant, je ne me sentis plus femme. Une autre fois, guidée par l'instinct puissant de mon ventre trop vide, je me serais assise très vite sur cette queue farouche et incandescente, que je tenais à peine dans ma main, et, même attaché, tu serais resté le mâle, celui qui agresse et pénètre, celui qui envahit tout, le bras qui profane et la bouche qui crache, et moi, même sur toi, même libre de mes mouvements, j'aurais été une fois de plus la femelle, le vide à combler, le trou qu'on remplit, la bouche qu'on force et qu'on abreuve...

Cependant, ce soir-là, j'ignorais mes organes et ma féminité. Mon ventre ne battait pas la chamade, n'attendait pas tes coups de boutoir, ne frémissait pas du désir de t'avaler... Mon corps tout entier avait disparu, j'étais sorcière, ou putôt sorcier ; envolés mes contours trop doux, trop flous, effacées les rondeurs de mes seins et de mes hanches, anéanties les pulsations de cette conque marine, au bas de mon ventre, qui vit et respire et mouille comme une moule... Et pendant que tu me réclamais de la voix et du mouvement — une voix très douce, inhabituelle, soumise et rauque, un mouvement de bassin qui te soulevait du lit et t'y ramenait très rythmiquement — j'assistai à cet étrange miracle que j'avais tant souhaité : je te vis devenir femme, alors que toute féminité venait de m'abandonner. Entends bien : tu n'étais pas efféminé, pas amolli, pas amoindri, pas mignon. Tu étais femme avec ta queue jusqu'au ciel et tes hanches étroites, avec tes jambes nerveuses et velues, et tes bras forts. Tu étais femme dans ton délire, dans ton besoin, dans tes murmures et dans tes liens, femme parce que soumis, parce qu'écarté, femme parce que tentant, parce que fou, parce que bavard et impatient. Tu étais femme à la façon des grands guerriers d'Hannibal, femme comme les marins, les militaires, les prisonniers qui, à force de solitude et de tendresse échouée, séduisent le voisin de cellule, le compagnon de couchette. Femme comme un soldat terrassé de trouille au fond de sa tranchée, et qui préfère se laisser baiser par un autre soldat pour oublier la mort, la souffrance et la crasse. Dans ton ballet d'amour, dans tes appels, il y avait la grâce trouble des héros de films troubles : tu étais le détenu qui cherche, sur la peau d'un autre détenu, l'évasion que le Midnight-Express n'apportera plus ; tu étais, sans voile pourtant, cette créature aux charmes hermaphrodites dont les yeux bleus, sur fond de désert d'Arabie, ont dérangé et séduit toute une génération de cinéphiles ; tu étais le vaincu, l'humilié qui terrasse son vainqueur d'un regard ambigu, d'un baiser sur la bouche. A écouter ton chant plaintif, à presser ta chair affolée, toutes ces jolies gueules de brutes raffinées, tous ces corps virils, musclés, harmonieux et masculins, toutes leurs mimiques, tous leurs gestes, toutes leurs danses me sont remontés en mémoire, et à te découvrir ainsi femme à leur manière, je me suis voulue homme, et j'ai fermé les yeux, et j'ai cédé au merveilleux, délicieux, abominable rêve d'être ton amant plutôt que ta maîtresse. Mon corps n'existait plus qu'à travers mon fantasme, je suis devenue très forte, très fort, et il m'est poussé une trique formidable à t'entendre te trémousser et gémir dans l'ombre...

J'ai cherché très brutalement ton cul. C'est lui que je désirais, c'était ta seule entrée secrète, dérobée, jamais profanée encore. Il me plaisait passionnément que tu fusses puceau de ce côté-là, je serais le premier et tu t'en souviendrais longtemps... En comprenant mon projet, tu t'es cabré, tu as protesté, tu as crié des « non ! » pleins de fièvre. Oh ! Comme je t'ai aimé, comme j'ai aimé ta peur, à ce moment-là, ta peur et ta détresse et ta douleur ! Car je t'ai pénétré sans précaution aucune, vivement, furieusement, des deux pouces à la fois, ongle contre ongle, peu soucieuse de t'écorcher, et même espérant confusément te blesser, te marquer, signer mon viol d'une griffe cuisante, peut-être sanglante...

Ton étroitesse, enivrante comme une ultime barrière, a déchaîné chez moi une méchante envie de te saccager, de te rompre. Je t'ai élargi des deux mains, les pouces travaillant dans ton orifice comme au milieu d'un fruit trop vert qui refuse d'éclater, et les autres doigts crispés sur tes fesses qui bondissaient d'effroi. Je t'ai distendu, j'ai terrorisé ta révolte avec des menaces ordurières : je te l'éclaterai, je te ferai craquer la charnière, je te fouillerai très loin, très loin, je m'enfoncerai dans tes ordures et j'écrirai sur tout ton corps des graffiti obscènes avec le butin que je ramènerai... Je vais te dévoiler, te découvrir, explorer tes entrailles, je vais t'humilier, homme cracheur de foutre, si fier de ta virilité, si fort de tous tes pouvoirs, on va se rendre compte tous les deux que tu n'es finalement qu'une usine à merde !... Je te réduirai à l'enfance, à la vieillesse, à l'infirmité, à l'incontinence... Je t'ouvre tellement que tu ne pourrais plus rien retenir, que tu ne peux plus te serrer, tu ne peux plus te fermer sur tes secrets les plus intimes... Tu es obligé de partager avec moi ce qu'on t'a appris à garder pour toi seul ; et même je te devance, je sens sous mes doigts des choses que tu ignores encore, des choses ignobles, très douces et très chaudes, le troublant déchet de ton alchimie la plus cachée...

Ma bouche ne s'est tue que pour aller vérifier, pendant que mes mains t'écartelaient toujours, ce que je savais déjà : la douleur ne t'a pas fait débander, au contraire. Je touche avec mes lèvres ton gland énorme qui se démène comme un fou, très lisse, visqueux, brûlant, tendu à craquer, partagé d'une crevasse profonde et nette, qui palpite aussi. Ah ! ça t'excite donc de te faire prendre le cul à pleines mains, dis, dégueulasse ? Tu peux crier et te tordre, tu es pédé jusqu'à l'os, tu sais. Tu aimes ça, dis ? Tu aimes ce que font mes doigts, tu aimes te sentir écarté comme ça ? Tu m'appartiens à cette minute comme tu ne m'as jamais appartenu. Mes doigts deviennent complètement dingues, ils vont te déchirer, et toi, tu rugis et tu sautes, mais les cordelettes tiennent bon et tu bandes toujours, de plus en plus. Qu'est-ce qui t'arrive ? Tu ne savais pas comme c'était bon de se faire défoncer la rondelle, hein ? Et crois-moi, il y a mieux encore... Oui, tremble ! Tremble bien fort, gueule et espère !... Je t'ai apporté quelque chose de très chouette et avec ça, je vais t'envoyer très, très loin. Regarde, tu vois, c'est une bite, exactement comme celle que je me sens au bas du ventre en ce moment, très grosse, avec une tête bien drue, bien enflée, imitée à la perfection... Ah ! C'est vrai que tu ne peux pas la voir, il fait noir. Tu ne peux pas la toucher non plus, tu es attaché... Je vais la poser sur ta joue, sur ta bouche, sur tes cuisses. Tu en prends les dimensions ? Tu l'imagines ? C'est le plus gros modèle que j'aie trouvé, mes doigts n'en font pas le tour, tu vas atteindre le ciel avec ça !... Donne-moi ton cul !... Donne-le-moi, ne te tortille pas, ne te resserre pas, je te poignarderai avec si tu ne veux pas coopérer... Je t'ordonne de t'ouvrir, je t'ordonne de te dilater et de l'aspirer ! Mais ouvre donc le cul, que je te mette, que je te nique, bon dieu, tu vas comprendre ce que c'est que de prendre son pied !... Relâche-toi, encore, encore, pousse sur le gland, encore, avale-le... Aide-moi, ou je te troue avec !... Tu sens ? Ça entre... J'ai l'impression que c'est ma queue à moi qui te pénètre. Ah ! C'est trop bon ! Ouvre-toi, donne-toi, sois femelle, sois pute, fais-moi un chemin, je te veux, je veux m'enfouir en toi, me perdre dans ton cul, très loin, dans ton ventre, là où ton cœur bat, là où tu distilles des détritus immondes et fascinants. Donne-moi tout de toi, ta moiteur, ton odeur, ton étroitesse, ta pudeur. Surtout ta pudeur. J'avance, fais-moi une place. Non ! Ne me repousse pas, même si ça fait très mal... Je veux que tu aies mal, que tu aies des coliques atroces et un besoin terrible de te soulager, je te veux torturé par une abominable envie de chier, et, quand la pression sera à son comble, je te branlerai la queue, et tu ne sauras plus si tu jouis ou si tu meurs...

... Je suis complètement rentré en toi, je suis un mâle victorieux qui te domine et te possède à fond, je suis ton jules, ton mec, et tu as ma grosse, mon énorme pine dans le cul, et tu n'en peux plus. Sens-moi bien, profites-en bien, tu es le pédé le plus bandant du monde et je n'ai vécu jusqu'à ce jour que pour t'enculer. Maintenant que tu l'as avalée, je vais empoigner ton gros dard et le secouer, le faire coulisser jusqu'à ce que tu lâches tout... Non, je ne peux pas retirer la bite de ton cul, même si tu supplies, parce que je te l'ai enfilée entièrement. Je ne la tiens plus, elle a disparu dans ton cul, et si tu veux t'en débarrasser, il faut le faire tout seul, il faut la pousser hors de toi... Et ce ne sera pas facile, parce que sa forme est étudiée pour entrer par un bout, et pas pour ressortir par l'autre... Débrouille-toi, ça ne me regarde plus, je ne m'acharne plus qu'à branler cette énorme pine juteuse et apoplectique. Pousse pendant que je te brosse, pousse-la hors de toi, chie-la tout seul, tes efforts ont quelque chose de désespéré, d'atroce et de sublime. Tu vas jouir en chiant un monstrueux gode de plastique, et je vais allumer la lumière, parce que, rien qu'à guetter son apparition entre tes fesses, je me sens défaillir de plaisir, et parce que je veux ajouter à ton calvaire le supplice d'être vu ainsi, en pleine honte, écartelé entre la jouissance et la souffrance, écartelé par des cordes que tu as approuvées, par un accouchement étrangement obscène, par une créature mi-femme, mi-homme, qui t'astique le manche avec frénésie et qui savoure sa vengeance, écartelé entre ton plaisir d'homme, qui vient à grands jets, et ton plaisir d'animal enfin délivré dans le sang et la merde...

As-tu compris, cette fois-là, à ma docile cruauté et à mes exigences éhontées, à quel point je tenais à toi ?

Chapitre vi

Tu m'avais promis, pour notre prochain rendez-vous, une surprise très douce. Je t'attendais avec impatience, avec aussi une certaine appréhension, car je connaissais ton caractère, amoureux de l'imprévu, du fantasque, de l'étrange, de l'inédit...

Lorsque tu arrivas, il y avait quelque chose de volumineux qui gonflait la poche de ton blouson. Le cadeau semblait de forme indéfinie, sans arête vive, un peu mou et, ma fois, oui, mouvant. Car je le vis remuer légèrement sous le tissu avant que tu ne l'exhibes triomphalement : c'était un petit chat, un adorable petit minet gris et blanc, au nez rose, au poil floconneux, qui se mit très gentiment à me flairer partout et enfouit son museau sous mes cheveux, contre mon oreille, lorsque je le serrai sur mon épaule. J'étais partagée entre l'attendrissement et la curiosité : cette offrande cachait pour sûr quelque arrière-pensée pas très catholique...

Lorsque tu m'eus déshabillée avec la patience et le soin qui te caractérisent (comprendre que mes vêtements, pêle-mêle et tous à l'envers, jonchaient avec une tranquille impudeur le plancher de la chambre), tu me pris aux épaules et me poussas sans modération au travers du lit. Je m'y laissai choir, jambes pendantes et torse abandonné, sachant par expérience combien il est inutile de te résister lorsque tu as décidé une fois pour toutes d'une situation...

Tu t'emparas d'une main ferme du chaton, qui divaguait sur les couvertures, et, de l'autre, non moins ferme, tu séparas mes genoux. Très obéissante, je m'ouvris et je t'entendis déclarer : « Tu vas voir ce qu'il sait faire !... » J'avais presque deviné, mais à te voir sortir, de l'autre poche de ton vêtement, une petite brique de crème, je me sentis soudain envahie par une confusion terrible. « Non ! Non ! Pas ça ! S'il te plaît, pas ça ! — Mais bien sûr que si ! » répondis-tu sans embarras aucun, puis tu refermas les dents sur le coin de l'emballage de carton, que tu déchiras d'un coup de canine très sûr. Que cette crème était donc froide dans ma fente si tiède ! Froide, mais douce, et en coulant lentement (c'était de la « Fleurette », spéciale Chantilly, j'en avais fait maintes fois un usage des plus honnêtes !...), très lentement au bas de mon ventre, elle m'occasionna un long et délicieux frisson, qui n'avait que peu de chose à voir avec la gourmandise, ou alors s'agissait-il d'une gourmandise très spéciale ?...

La bestiole, que tu tenais suspendue par la peau du cou et que tu posas sur mes cuisses, ne miaula pas longtemps. Son flair sûr la courba vers moi, et tout de suite elle se mit à me lécher, à petits coups de sa minuscule langue râpeuse. La sensation était divinement nouvelle... En premier lieu, elle s'attaqua à mes poils, là où la crème était d'abord tombée. Elle me nettoya consciencieusement, et je croyais naître sous sa caresse, venir au monde millimètre carré par millimètre carré, poil par poil... Je me sentais tiraillée très délicatement, très régulièrement, et chaque parcelle de ma peau, ainsi sollicitée, se mettait à vibrer sous l'effleurement.

Lorsque mon pubis fut convenablement débarbouillé, qu'il n'y eut plus la moindre goutte à y recueillir, le petit animal poussa son nez plus bas entre mes cuisses. Je retenais mon souffle, attentive au sien, respiration légère et si troublante, qui frôlait à peine mes muqueuses d'un air un peu plus frais, ou un peu plus chaud, je ne savais plus. Toujours est-il que je ne tardai pas à me sentir incandescente à cet endroit-là. Le chaton, imperturbable, prospectait toujours, par de petits lapements à la limite du supportable. Il venait de s'insinuer au plus tendre de ma fourche, là où j'ai l'impression de commencer à me séparer, et il était à présent sur mon clitoris. C'était à hurler de plaisir. Pour qu'il eût plus d'espace et plus de liberté de mouvement, je soulevai les pieds que je tenais toujours par terre, et je les posai à plat sur le lit. Devant moi, tu t'offrais un régal de voyeur, l'œil allumé et l'expression curieusement aux aguets, mais je m'en fichais pas mal. J'étais en train de me faire faire la plus chouette, la plus mignonne, la plus efficace, la mieux nommée des minettes.

Le poil soyeux de ce délicieux mistigri me chatouillait l'intérieur des cuisses, de ses babines et de sa tendre moustache, il m'émoustillait un peu partout, mais c'était surtout sa miraculeuse petite langue qui me bouleversait. Elle s'insinuait profond, me balayait le bouton, le happait, l'enveloppait, l'abandonnait pour explorer plus loin dans mon sillon et y revenir encore... J'avais l'impression qu'il me poussait un clito démesuré, tout raide et excité comme jamais. Je me tortillais un peu, mais en essayant tout de même de garder mon contrôle, car je ne voulais à aucun prix effaroucher cette gentille petite bête qui m'envoyait si innocemment toucher le ciel. Lorsqu'elle se mit à me lécher le con, j'aurais crié de volupté. J'étais concentrée à l'extrême, je n'étais plus qu'un sexe, très ouvert, très mouillé, très vivant, palpitant d'extase sous une petite gueule de félin avide, dont les menus claquements de langue résonnaient d'une façon si érotique...

Non, vraiment, tu as toujours de ces idées !... Je crois que mes trémoussements te disaient très bien ma reconnaissance et mon admiration, et lorsque tu m'inondas d'un nouveau flot de crème parce que le chaton semblait avoir tari la source, je me creusai cette fois pour le recueillir plus profondément. J'aurais voulu que cela me pénètre complètement, s'insinue dans tous mes replis, me noie le con et le cul, et que cette charmante créature, si follement douce, vienne s'abreuver jusque dans mon ventre...

Docilement, elle recommença son quatre-heures. Cette toilette qu'elle me faisait subir malmenait mes nerfs au-delà de l'imaginable. Elle mélangeait sa fourrure à la mienne, ses babines à mes lèvres, sa langue à mon bouton, je ne savais plus bien où elle finissait et où je commençais, et mon imagination désormais en délire inventait l'accouplement de deux bêtes fantastiques, au poil électrique, aux feulements démentiels. Ma chatte était en train de faire l'amour, de se frotter impudiquement avec un matou des environs, un sale voyou des gouttières que je voulais, vaguement, un peu répugnant, un peu vulgaire, un peu crasseux, un peu brutal... Ma chatte bondissait, libre de mon consentement, et s'ouvrait sans vergogne pour appeler le mâle... Pour un peu, j'aurais miaulé...

Les câlins du minet gris et blanc, qui m'avaient pourtant donné la fièvre, me parurent soudain trop mièvres. J'avais un satané besoin, tout à coup, de me faire un peu malmener. Je n'eus pas à t'appeler pour que tu tombes sur moi, des mains et de la bouche. La bestiole fut envoyée promener sans égards, et tu te mis en devoir de poursuivre son œuvre, avec, il faut le reconnaître, combien plus d'autorité.

Tu commenças par m'attraper la crinière à pleines mains, et à m'ouvrir comme ça, sans ménagements. Tu tirais les poils de mon pubis par poignées, vers le nombril, et je sentais tout mon sexe qui remontait, mon con qui s'étirait verticalement, ma fente qui s'allongeait. Puis de chaque côté du sillon tu tirais encore, tu me séparais comme les deux moitiés d'une même figue qu'on veut partager, et je me trouvais offerte au maximum, le con bâillant à craquer, les lèvres distendues ; puis tu m'attiras vers toi, toujours en tenant ma végétation, et j'avais l'impression que mon sexe respirait, qu'il se gonflait d'air, et que le clitoris n'était plus protégé, qu'une tempête le menaçait et, curieusement, ça le faisait bander davantage...

Quand tu m'eus bien saccagée, bien tiraillé la touffe, tu posas ta bouche sur moi, et tu te mis à me boire à longs traits goulus et un peu cruels. Tu me mordis d'une dent légère mais acérée, et la terreur le disputait en moi à la volupté. Il était donc là, le matou désiré, le fauve sans scrupules, sans délicatesse, qui flaire la femelle, la mord, la fait saigner... Tes incisives jouaient avec mon clitoris qui, suicidaire au possible, décapuchonné, bandant et trempé, dansait inconsciemment sur le fil acéré de tes dents, et les défiait follement. J'avais une envie terrible que tu me bouffes, que tu me broutes, que tu me mâchonnes, que tu te nourrisses de moi. J'aurais voulu exhaler toutes les senteurs fortes de la femelle en rut, j'aurais voulu que tu trouves dans mon herbage et mon fourré des saveurs de musc, de sauvagine, d'ammoniaque, de terrier. J'aurais voulu être la renarde tremblant sous le renard, la laie forcée par un rude, puissant et hideux sanglier, la chèvre mêlant ses farouches remugles à ceux du bouc. J'enviais la vache tendant sa large croupe sale à la langue du taureau, et la chienne en folie qu'un bâtard amoureux lèche voluptueusement, obstinément, impudiquement. Moi qui souvent m'étais inquiétée : « Suis-je assez propre ? Est-ce que je sens bon, au moins, est-ce que je ne sens pas trop la femme ?... », je m'excitais à penser que tu me respirais, que tu me savourais, et que peut-être le désir fou qui me tenaillait et le jus que je ne savais retenir fleuraient fort l'amour, la mer, la marée... L'être humain, lorsqu'il aime, redevient cette créature primitive qu'il fut d'abord, varech et mollusque, poisson indéterminé, et son odeur intime, à ces moments-là, se souvient des temps très anciens qui le virent triton, sirène, peut-être...

Quel goût avais-je ce soir-là ? Etais-je sous ta bouche assez salée, assez fruitée, assez sauvage, assez épicée ? Etais-je assez juteuse pour tes lèvres gourmandes que je sentais me téter savamment, méthodiquement, fermement ? Quel effet cela te faisait-il de manger après un petit chat, et de me sentir frémir et mûrir sous ta bouche, et de m'entendre gémir ? Cela t'exaltait-il autant que moi lorsque je te mange la bite ? Avais-tu envie, comme moi dans ces moments-là, de devenir génial, diabolique, de faire naître une volupté magique, un délire incontrôlable ?...

Je me poussais à l'encontre de ta langue, si follement persuasive, si mobile, si animale, de tes lèvres si possessives, et je m'abandonnais peu à peu à ce fameux délire qui rappelle la maladie, la fièvre, le rêve et la vision... Visionnaire, je l'étais, et malade aussi, de plaisir bien donné, bien reçu, et magistralement orchestré : « Mon amour, bouffe-moi, avale-moi toute... Suce mon bouton comme un bonbon, mange-moi, je suis un abricot dans ta bouche, un abricot tout chaud, fendu, d'où coule un miel tendre, je suis une figue très mûre en train d'éclater ; non, je me transforme, je deviens un gros coquillage vivant, écoute la mer dans ma conque, mange ma moule tout entière et aussi son écume... Non, je suis une chienne, une chienne en chaleur, et ma folie odorante a attiré tous les cabots du quartier, et tu es le plus fort et le plus dégueulasse de la meute, et tu me renifles avec frénésie, et tu me lèches le cul avant de m'enfiler, et quand tu me sauteras, je sentirais tes crocs sur ma nuque, tes pattes griffues sur mes flancs, tes assauts contre ma croupe. Tu me chercheras, et puis ta bite de chien trouvera l'entrée, et tu me limeras longtemps, et je tendrai l'échine et j'ouvrirai le cul sous ta pine raide, et nous resterons collés, toi et moi, pour l'éternité, dans une étreinte très chaude, très sauvage, odorante et moite : délectable... »

A nous imaginer à quatre pattes l'un et l'autre, l'un dans l'autre, voluptueusement crasseux et obscènes, insouciants des choses humaines et tout entiers livrés à la fièvre du rut, j'ai éclaté sous ta langue d'une forte jouissance aux saveurs quelque peu zoologiques.

Bonne idée, vraiment, que ce petit chat !

Chapitre VII

J'ai revu l'autre jour, par le plus grand des hasards car je crois qu'il a quitté notre région depuis longtemps, le délicieux J. Mais si, tu te souviens de lui ! Tu ne peux pas ne pas t'en souvenir, c'est avec lui que nous avons fini, de façon mémorable, une soirée d'adieux à la veille des grandes vacances, en 198... ! Ça ne te rappelle rien ?

Je traversais une avenue très passante de Lyon, à une heure de pointe, et devant moi, noyée dans la foule et cependant la dépassant de quelque quinze centimètres altiers, une silhouette a retenu mon attention. Sa démarche gracieuse, un peu dansante, ne s'embarrassait guère du trafic, qu'il semblait fendre miraculeusement. J'ai failli crier, l'appeler, le rejoindre et lui dire : « Tu me reconnais ? Comment ça va ? Qu'est-ce que tu deviens ? » Et puis j'ai préféré le laisser s'éloigner de son grand pas élastique, et garder pour moi — pour nous — sans l'abîmer de nouvelles trop fraîches et trop terre à terre, le joli souvenir qu'il nous avait laissé de ce soir-là...

C'était fin juin, il faisait tiède, et nous avions pour nous l'illusion d'être libres, le temps d'une grande nuit extraordinaire, une nuit de fête, de vin et d'amitié. Après, chacun partirait de son côté, et nous disposions de cette soirée pour essayer d'anesthésier la mélancolie de la séparation, annuelle mais chaque fois poignante. J'espérais vaguement que le petit matin nous réunirait, toi et moi, pour la dernière fois avant de longues semaines, ce qui ne m'empêcha pas de m'adonner pleinement aux joies de libations dûment partagées.

Nous avons mangé un peu, dansé et ri beaucoup, et bu énormément.

Juste avant l'aube, il fallut organiser le retour, et ce ne fut pas chose simple... Entre ceux qui avaient déjà déserté la fête et ceux qui n'étaient plus en état de le faire par eux-mêmes, le nombre de conducteurs et de véhicules disponibles était plus que critique. Finalement, nous nous engouffrâmes tous les deux à l'arrière de je ne sais plus quelle voiture, parce que tu venais de prêter la tienne à je ne sais plus qui (je crois que tu ne savais pas non plus).

J. nous y demanda asile à son tour, car il venait de se rendre compte qu'il avait laissé ses clefs sur son tableau de bord et, bien sûr, son automobile était verrouillée !... Il fallait qu'il rentre chez lui chercher un double du trousseau. L'aventure, pourtant banale, nous arracha des éclats de rire...

Notre chauffeur, passablement éméché, aussi, comme il se doit, démarra un peu sec et faillit rater son premier virage en beauté, pour l'avoir négocié d'une seule main, l'autre fourrageant sans vergogne sous la jupe de sa compagne. Dans l'embardée qui résulta de cette manœuvre imparfaite, je fus projetée contre J. qui, très prévenant, amortit le choc en me prenant par la taille. L'instant ne fut pas désagréable, le contact de son corps me procurait une sensation de douceur et de sécurité à laquelle j'avais envie de me laisser aller. Je me sentais mince et petite dans son grand bras qui me ceinturait, et assez troublée. Mais je crois que je devais aussi mon trouble à un malaise de ma conscience, qui à travers les brumes de l'alcool, essayait de se rappeler à mon bon souvenir.

Je réussis tant bien que mal à analyser ma gêne : mon attitude dolente contre l'épaule de J. risquait de t'agacer, de te peiner, de te rendre jaloux, et je ne voulais à aucun prix assombrir une aussi délicieuse escapade. Je résolus donc, quoiqu'il m'en coûtât, de me soustraire à son étreinte et je décollai le dos du siège pour qu'il comprît et ôtât son bras. C'est alors que, profitant de l'espace et de la liberté que te laissait mon mouvement, tu glissas à ton tour ton bras autour de moi, sans que, bien sûr, J. retirât le sien. Je me retrouvai doublement entourée, doublement protégée, nichée à l'étroit au milieu de vous deux, dont les bras autour de ma taille avaient l'air de bien s'entendre. Cela s'était fait si facilement, si naturellement, cela avait l'air si convenu, si organisé, si inévitable que je cessai alors de me poser des questions...

Vous vous êtes penchés avec un bel ensemble sur moi, et vos bouches, miraculeusement synchronisées, ont fourragé dans mon cou, dans le creux de mon épaule, sous mes oreilles, là où la moiteur et la fébrilité d'une nuit de fête avaient un peu mouillé mes cheveux. Vous sentiez bon, tous les deux, chacun différemment, mais nos parfums comme vos caresses, comme vos corps, se complétaient admirablement.

Je sus alors que l'heure de mon sacre était arrivée, que ce petit matin encore bleuté verrait mon avènement, mon triomphe, que je devais m'attendre à être honorée, adorée et fêtée au-delà de tous mes rêves et de tous mes fantasmes... Il me fallait seulement être femme, et consentante. Je ne fus plus, dès lors, qu'un long et savoureux consentement, depuis ma nuque docile qui s'inclina et frissonna sous vos baisers jusqu'à, plus tard...

Mais je ne veux pas brûler les étapes, je veux me délecter, et toi avec moi, du moindre détail de cette longue célébration qui me fit déesse de votre culte...

La route était sinueuse, et ses courbes me pressaient tantôt contre lui, tantôt contre toi. De l'un à l'autre, je goûtais vos différences, je m'enivrais de vos points communs. Un contrat tacite s'était établi entre nous, qui me dispensait de toute forme hypocrite de protestation. Je n'eus pas à prononcer des « non » qui, de toute façon, n'eussent guère été convaincus ; je n'eus pas à seulement feindre la moindre indignation, plus à m'interroger, plus à penser du tout.

Vos mains commencèrent à rivaliser d'audace sur moi, je les laissai s'émanciper en leur facilitant la tâche de temps à autre. Je me félicitai tout bas d'être aussi parfaitement binaire, et m'étonnai même tout à coup qu'un seul homme eût pu me suffire jusqu'à présent. Je portais un bustier des plus légers, aux brides complaisantes, que vous avez su tout de suite amadouer : une bride chacun, à faire glisser sur mes épaules, une épaule chacun, à caresser, à frôler, et dont vous souligniez, chacun de son côté, la rondeur et la douceur.

Puis le bustier céda, et mes seins apparurent. Un sein chacun. Le partage était d'avance réglé, et vos mains qui les avaient déjà touchés à travers la soie du corsage s'en emparèrent avec une chaude autorité. Je ne savais pas dire où mon cœur penchait, où j'étais le mieux caressée, le mieux sollicitée, le mieux troublée. Je bandais des deux bouts pareillement, j'avais l'impression d'être effleurée, palpée, câlinée par deux frères siamois aux gestes parfaitement simultanés, ou bien par un seul homme et son reflet, dans un miroir qui se serait situé exactement au milieu de moi. Cette correspondance de gestes et de sensations tenait du prodige : était-il possible que deux hommes accomplissent, à la même seconde, le même acte ?

Je m'abandonnais à vos pressions, à vos attouchements, légèrement essoufflée par le plaisir qui m'envahissait, la poitrine gonflée et palpitante sous vos doigts. C'est mieux à gauche ! Non, à droite ! Non, partout ! Oh ! Ne plus savoir à quel sein se vouer, et attendre, sans être déçue, que vos deux bouches s'y posent en même temps, et me boivent à longs traits !... Si j'ai encore des enfants, je ne veux plus que des jumeaux, c'est décidé ! Un à chaque tétine, c'est si bon que ça ferait presque jouir !....

Et puis vos mains se sont envolées ensemble comme un couple de tourterelles, et se sont posées sur mes genoux : un genou chacun, et une cuisse chacun, à remonter, à explorer, à sculpter. Sans tenir compte des deux autres occupants de la voiture, je me suis mise à gémir de volupté, et peut-être aussi d'angoisse. Je sentais confusément s'approcher l'instant fatal où vos mains auraient épuisé les trésors de ma symétrie, où elles arriveraient ensemble à la frontière unique qui me partageait... Que se passerait-il alors ? Deviendrais-je une terre à conquérir de force, ou bien un no man's land respecté ? Non, non, pas un no man's land, pas de respect, pas de neutralité, vous m'aviez trop chauffée, trop énervée, trop excitée, il fallait vous débrouiller pour établir un traité satisfaisant, je comptais énormément sur vous pour vous arranger ou même vous battre, mais surtout, surtout, pas de no man's land et pas de retrait des troupes !

Mais mon inquiétude était encore prématurée. Rien ne vous pressait et vous vagabondiez sur moi avec des grâces diaboliques et des similitudes qui me rendaient folle. Il n'y avait en vous aucune trace de cette rivalité sportive qui pousse l'alpiniste à planter son drapeau avant l'adversaire. En fait de drapeau, vous possédiez chacun une hampe de belles dimensions, que je découvris en même temps à ma droite et à ma gauche, d'une main — de deux mains avides et étonnées. Quoi ? Là encore, le même sortilège ? La même égalité ? J'étais Alice au pays des Merveilles, et je vivais à la fois de part et d'autre de la glace, touchant ça et là les deux mêmes hommes, aux mêmes attitudes, aux mêmes préoccupations, au même corps, au même sexe...

Je sentais sous mes paumes un renflement d'égale importance, une rigidité d'égal dynamisme. A caresser deux phallus en même temps, mon trouble se multiplia par deux, et mes gémissements, et ma danse quelque peu lubrique. J'appelais à moi deux hommes, avec le désir fou qu'ils viennent ensemble et que l'enchantement dure jusqu'au bout, jusqu'aux bouts...

Vous en étiez au plus doux, au plus velouté, au plus tendre de ma personne : cet endroit intime où la cuisse ne fait plus tout à fait partie de la jambe, et n'est pas encore le sexe. Vous avez erré longtemps, du bout des doigts, sur cette aire privilégiée, mais pas très spacieuse, sans jamais vous rencontrer (il faut dire que j'étais très coopérative, et que je m'écartais avec une rare bonne volonté), sans jamais non plus vous engager, ni l'un ni l'autre, sur un sentier plus audacieux.

A force de vous espérer plus avant, de vous attendre et de vous redouter, je perdais peu à peu pied, et mes halètements firent se retourner la passagère assise sur le siège avant. Elle nous surprit en pleine débauche, mais son regard un peu incrédule ne me fit fermer ni les yeux, ni les jambes.

Peu à peu, cependant, vous avez glissé sous la lisière

de ma culotte, toujours parfaitement, inéluctablement ensemble. Je vous ai sentis m'envahir doucement, d'abord l'articulation de la cuisse, puis les poils, puis les lèvres extérieures de mon sexe. Cette progression lente et démoniaque me faisait battre le cœur à grands chocs. J'avais envie, j'avais hâte, j'avais chaud, j'avais peur... Je ne savais plus bien ce que j'avais, à force de ne pas vous avoir, et de sentir toujours sous mes doigts impatients vos bites bien dures qui gonflaient vos braguettes.

Pour mieux me caresser et mieux m'émoustiller, pour respecter aussi la convention tacite du partage absolu, vous avez eu le même geste, dicté par la même impulsion, à la même seconde : vous avez roulé les bords de mon slip dans ma fente, réduisant ainsi son entrejambe à une mince cordelière de tissu chiffonné qui concrétisait désormais la frontière entre mon amant de droite et mon amant de gauche. C'était horriblement bandant : l'étoffe passait juste sur mon clitoris qui se mit à s'y frotter énergiquement, et sur mon vagin, qui mouillait déjà depuis un bon moment et battait presque à l'unisson avec mon cœur. Tout ce qui dépassait de part et d'autre de cette limite était sujet à vos tiraillements, à vos agacements, à vos jeux.

Le plaisir et le désir me faisaient décoller les fesses de la banquette, et onduler de partout. J'en étais presque à quémander de vive voix une trêve ou une offensive plus déterminante lorsque la voiture s'arrêta. Nous étions au pied de l'immeuble de J. Il proposa de l'air le plus naturel du monde : « Venez prendre un verre, on arrangera ces histoires de clés tout à l'heure ! » Le plus naturellement du monde, notre chauffeur et sa compagne refusèrent. Le plus naturellement du monde, toi et moi, nous acceptâmes.

La portière de J. était du côté du trottoir. Il l'ouvrit,

sortit. J'avais peur que tu n'ouvres l'autre portière, pour sortir de l'autre côté, car je me serais vue alors dans la symbolique obligation de choisir une voie plutôt qu'une autre. Mais, fort intuitivement, tu attendis que je suive J. pour me suivre moi-même...

Nous nous retrouvâmes dans la rue tous les trois, tandis que les autres s'éloignaient. Alors tu me pris par le bras gauche, lui par le bras droit — chacun un bras — et notre trio se dirigea tranquillement vers l'entrée de la résidence. Je ne touchais à proprement parler pas terre, accrochée à vous bien plus grands que moi, et vaincue par la double ivresse de ce que j'avais bu dans la soirée, et vécu dans la voiture...

Un vaste miroir, au détour d'un couloir, me renvoya l'image inattendue d'une femme un peu échevelée, un peu défaite et solidement encadrée par deux gaillards au regard fort brillant.

Dans l'ascenseur, je retrouvai un instant toutes les émotions de la nuit, qui m'avait vue collée de près à plus d'un danseur. J'avais évolué lentement et longtemps contre des corps d'hommes tous différents, tous charmants, à la chaleur suggestive, aux gestes enveloppants, à la cadence érotique. Mon ventre avait reconnu plusieurs fois la naissance de l'émoi chez mon partenaire du moment, et s'en était troublé. Et voici que, dans cette cabine souple et feutrée, le même vertige me reprenait, mais bien plus voluptueux encore puisque vous étiez deux à m'étreindre. Tu m'avais prise contre toi, mais de dos, m'offrant courtoisement à l'autre, qui accepta l'invite, et se colla contre ma poitrine et mon ventre avec fermeté. Je vous sentais tous deux tendus, pressés, vivants et fébriles, vos mains couraient sur moi, vos bouches aussi, dans mes cheveux, dans mon cou, partout, et je m'abandonnais à un étonnement délicieux : celui de me trouver au milieu de vous, celui d'être le carrefour de vos désirs, et de vous toucher si parfaitement, si ensemble, si bien avec les deux faces de ma personne. Je devenais double, j'étais à toi par mon dos frissonnant et ravi, mes reins creusés, mes fesses où se frottait ta queue, j'étais à lui par mes seins qu'il écrasait, mon ventre et mon pubis où il imprimait aussi le farouche relief de sa virilité...

Ma jupe, ample et légère, qui vous avait permis tant de privautés dans la voiture, ne vous gêna pas davantage à cette minute : vous avez commencé à la relever et vos mains se sont emparées ensemble de mes cuisses, de mes jambes...

Vous êtes tombés à genoux presque en même temps, la cabine a arrêté sa course à l'étage programmé, mais personne ne s'en est aperçu ! Je m'étais adossée contre la moquette murale, pour ne pas céder au tournis qui me bouleversait ; j'ai un peu écarté les jambes, bien campée sur mes hauts talons, et j'ai fermé les yeux. Vos doigts ont recommencé leur manège terrible entre ma peau et ma culotte, que vos précédentes caresses m'avaient fait inonder.

L'inconfort de la situation, sa précarité, et cette torture de l'attente que vous m'infligiez devinrent intenables. L'envie d'être baisée me tenaillait si fort que j'ai plié les genoux, fermé les yeux, gémi et déliré...

Lui s'est relevé le premier pour nous ouvrir sa porte. Nous l'avons suivi chez lui, sans rien voir du décor qu'un canapé très bas où je suis venue m'échouer, et où je vous ai appelés, les jambes et les bras hospitaliers, le cœur chaviré, la pudeur en déroute.

Vous ne vous êtes pas déshabillés, vous vous êtes seulement déboutonnés... J'ai cru voir double, lorsque, à genoux devant moi, vous me « les » avez montrés. Un sexe d'homme, bien dressé, bien fier, bien bandant, c'est hallucinant quand on a le feu au cul et le con qui ruisselle, mais deux !... La nuit prenait des allures de sabbat, de messe noire dont j'aurais été la victime promise à un savoureux sacrifice.

Quand vous m'avez retournée, je n'ai opposé aucune résistance. Quand vous m'avez enlevé ma culotte non plus. J'avais les bras et le buste sur le fauteuil, les genoux à terre et la tête quelque part dans les étoiles. Ma jupe, qu'une main habile (laquelle ?) venait de dégrafer, a quitté ma taille et personne, je crois, ne l'a ramassée. Elle est restée au sol, autour de moi, chiffon désormais inutile et si peu contraignant. Je vous ai tendu mes fesses, et j'ai deviné que vous ne me caressiez plus avec vos mains. Vous avez flâné sur moi, de vos bites follement douces et dures et brûlantes, et je me concentrais pour percevoir le plus complètement possible leurs frôlements délicats, veloutés, élastiques. A un moment donné, l'une d'elles s'est insinuée plus profond, s'est posée sur mon cul, et je l'ai sentie un peu gluante et si persuasive... Si elle avait voulu, je l'avalais très vite, très goulûment, mais elle s'est retirée pour revenir encore (elle ou l'autre ?) et me mouiller davantage. J'avais deux entrées pour vous, pareillement accueillantes, l'une qui coulait toute seule, et l'autre que vous lubrifiez intelligemment, de votre propre suc... J'attendais, j'espérais, j'appelais l'accouplement, tout en cherchant un autre mot que celui-ci, qui signifie deux alors que nous étions trois. Je ne voulais pas bouger, ni imposer, ni choisir.

L'un de vous a dit (je ne savais plus, à cet instant, reconnaître vos voix) : « Tu nous veux ? » J'ai répondu très vite : « Oui ! — Tous les deux ? — Oui ! — Comment ? — Partout !... »

Qui m'a prise par la taille pour me relever ? Lequel s'est assis à la place que j'occupais précédemment sur le siège si complaisamment bas ? Je ne me souviens plus, je ne revois que ses vêtements en désordre, et cette pine obscène, démesurée, tentante à hurler qui émergeait de son pantalon. Je n'ai pas réfléchi et j'ai accepté la proposition. Je l'ai enjambé, chevauché, avalé très vite. Sa bite a glissé en moi comme si elle était téléguidée, toute seule et à toute allure. Derrière moi, l'autre s'est installé (lequel ?). Il a posé ses mains sur ma taille, et la tête de son nœud a commencé sa recherche, méthodiquement. Quand il s'est senti au bord, il a poussé légèrement, je suis venue à sa rencontre, je me suis ouverte comme au ralenti, et j'ai savouré sa pénétration, millimètre par millimètre. Le bourrelet qui le décalottait m'a arraché, en passant, un gémissement de douloureuse extase et puis il est entré à fond, et n'a plus bougé.

Prise à la fois par-devant et par-derrière, fourrée par deux manches d'égale raideur, j'ai entrepris un drôle de voyage, émerveillé, incrédule, presque mystique. Au pas d'abord. Je me suis soulevée lentement, très lentement, pour ne pas vous perdre ni l'un, ni l'autre, et je suis retombée, toujours aussi lentement. J'ai apprivoisé, de ma douceur et de mon application, vos deux bites farouches. Je leur ai fait leur place, si voisines l'une de l'autre qu'elles devaient se sentir, se reconnaître, et que leur choc m'ébranlait d'un frisson démentiel... Puis j'ai rôdé la cadence, et vous, attentifs, immobiles, vous vous laissiez pomper avec une concentration, un stoïcisme admirables.

J'avais l'impression d'être bourrée à bloc, de devoir éclater sous l'invasion, et pourtant, je bougeais sur vous, je dansais, je devenais légère et envolée, et tout mon corps participait à la fête. Je vous suçais par mes deux bouches, avidement, avec la sensation d'en avoir eu envie et besoin si longtemps, si longtemps, que rien ne saurait peut-être combler ce retard de jouissance. Je vous absorbais avec sérieux, avec passion, et je ne vous laissais émerger de moi que pour mieux vous reprendre, plus profondément, plus loin. Je vous voulais encore plus longs, plus gros, plus turgescents, je voulais vous malmener aussi longtemps que vous m'aviez excitée moi-même, et je savais que la simple politesse et cette gentillesse qui vous était commune vous interdiraient de vous abandonner au plaisir avant moi. Oh! Ça ! vous avez été très bien élevés ! J'entendais vos souffles s'affoler et j'essayais de maîtriser le mien au maximum. J'ai même repris un peu pied dans la réalité, parce que je rêvais de faire durer au-delà du possible cette double étreinte dont la hasardeuse perfection ne se retrouverait peut-être jamais.

L'un de vous deux, tout près de capituler, a murmuré très vite et tout bas : « Attends, attends, arrête de bouger ! », et je me suis arrêtée, parce qu'il y avait dans sa voix quelque chose de suppliant et d'urgent.

Nous sommes restés quelques instants immobiles tous les trois mais je ne parvenais cependant pas à contrôler les pulsations de mon ventre. Ça pompait ferme, là-dedans, et je n'y pouvais rien. Je me faisais l'effet d'être une sorte de boa en train d'avaler, d'une monstrueuse double gueule, une proie bifide, volumineuse, vibrante... Il ne fallait pas que j'imagine trop ce qui se passait entre mes cuisses, entre mes fesses, car j'aurais vite perdu la maîtrise de mon corps... Il ne fallait pas que je pense à vos queues, bien au chaud, bien gainées, étroitement baguées par mes muqueuses les plus secrètes. Il ne fallait pas que je me les représente, impérieuses, gorgées de sève, gluantes, baveuses, étranglées dans ma chair battante. Je résistais, je résistais très fort au plaisir qui m'irradiait, qui me dilatait, qui m'éclatait...

C'est toi qui m'as dit : « Caresse-toi ! », comme tu

aurais dit : « Dépêche-toi de jouir, ce n'est plus tenable ! », et j'ai refusé d'obtempérer, sachant que mon doigt sûr, s'il se posait une seconde sur mon clitoris, embraserait la poudrière à l'instant même.

Vous m'avez alors cherchée vous-mêmes, et c'était diabolique de me sentir prise, pincée, palpée, tiraillée partout à la fois. Vous avez composé sur moi une partition à quatre mains, jouant de mes seins, de mes hanches, de mes fesses et de mon sexe avec un brio de virtuoses. Et sur cette symphonie infernale et envoûtante, vous avez inventé des paroles magiques, des incantations qui m'hypnotisaient et m'ôtaient toute volonté. Il vous était difficile de bouger ensemble sans risquer de rompre notre fragile équilibre. Mais vos paroles seules me transportaient plus efficacement que si vous aviez pu me brosser tous les deux à votre gré.

Je me sentais toujours doublement crispée sur vos bites qui battaient également, et j'écoutais vos murmures, vos prières, vos mots qui peu à peu entamaient ma résistance. Vous m'avez dit : « Viens ! » et : « Pars ! », vous avez exhorté : « Allez, jouis ! Profite de nous ! Avale-nous, laisse-toi faire, laisse-toi embarquer, parle, crie, chante, gueule un peu, qu'on t'accompagne ! » Vous avez demandé : « Tu nous sens ? Tu nous pompes bien ? On est assez gros pour toi ? On te remplit assez ? Comment tu nous trouves ? » Vous avez commenté : « Tu bouges, tu respires, tu nous aspires, tu nous fais grossir, tu as un con brûlant, un cul en feu, tu vas nous faire éclater, tu es bonne à baiser, tu mouilles partout, même ton cul mouille... » Vous avez exigé : « Mais branle-toi ! Mais fous le camp ! Emmène-nous ! Allez, va, cours, galope !... » Vous avez prévenu : « On ne va pas tenir longtemps comme ça, on va tout lâcher, on va t'envoyer toute la sauce dans ton con et ton cul de petite pute qui ne veut pas jouir !... »

Et malgré vos ordres, vos menaces, vos grossièretés et vos insultes, vous êtes restés si gentils, si courtois, si soumis que j'ai fini par céder, par me poser sur ce bouton que vous aviez tripoté chacun à votre tour en vain (il n'y a que moi qui connais le secret), j'ai fini par reprendre ma cadence sur vos dards enfiévrés, je me suis bien assise à fond, bien empalée, bien enculée, bien amusée à vous prendre et à vous lâcher, à vous astiquer, à vous limer, à vous brosser, bien concentrée sur le compte à rebours qui venait de commencer... Moins une minute ! j'ai la chatte électrique et une grande chaleur partout, partout... Moins 40 secondes, je ne vous lâche plus, je ne vous perds plus, vous m'appartenez pour toujours... Moins 20 secondes, ça va éclater partout, partout, tous mes trous s'ouvrent, j'ai des envies terribles... Moins 10 secondes, envie de chier, de pisser, de courir, de me sauver, de rester, de hurler... Moins 5 secondes... de mourir... moins 3... crispée, tendue, bandée, écartelée... moins 2, moins 1, envie et besoin de crier « je vous aime ! » avec je ne sais quelle bouche, puisque je n'existe plus, je ne suis qu'un immense sexe qui vient d'exploser...

Je me suis livrée au plaisir de tout mon être, de toute ma conscience, du plus profond de moi. L'orgasme m'a baignée complètement, transportée, dépassée. Ses vagues ont longtemps battu en moi avec la même force, et quand j'ai senti vos queues ramollir, je jouissais encore d'elles, de mes doigts, de vos soupirs, de mes cris, je jouissais en tremblant, en vibrant, en m'arc-boutant pour mieux vous garder...

Etions-nous arrivés tout à fait ensemble au même port, avions-nous accosté à la même seconde ? Je ne le savais pas, mais je gardais du voyage un souvenir extasié, une courbature précieuse et délectable, une brûlure savoureuse dont les ondes me secouaient encore d'une convulsion qui s'apparentait au sanglot d'un petit enfant, à la fièvre d'une bête malade.

J'ai passé ma convalescence sur le tapis, à plat ventre et la tête enfouie dans mes bras repliés, où j'entendais peu à peu décroître le tumulte de la joie. Je vous avais laissés, abandonnés tous les deux, ne sachant contre qui, de l'un ou de l'autre, blottir ce qu'il me restait d'ardeur et de plaisir.

Mais vous m'avez rejointe, vous vous êtes allongés près de moi (un de chaque côté, est-il désormais la peine de le préciser ?) sans cependant me toucher tout à fait. La chaleur qui irradiait de vos corps me pénétrait doucement et je m'oubliais à un bien-être sans nom, une torpeur béate sur laquelle auraient veillé deux gardiens pleins de sollicitude...

Au bout d'un long moment, j'ai levé la tête, je vous ai regardés et je me suis aperçue que vous n'étiez toujours pas dévêtus... J'ai projeté, vaguement, de vous déshabiller, m'octroyant encore quelques secondes de répit, et au moment de choisir lequel de vous deux j'allais entreprendre le premier, je me suis endormie...

Vous m'avez sûrement caressée pendant cette trêve inattendue. A travers l'épaisseur de mon sommeil, je sentais des ondes de chaleur me parcourir. J'avais l'impression de flotter dans un bain tiède, ou de m'enfoncer dans un oreiller moelleux, et la tiédeur et la mollesse me pénétraient partout. Je me suis mise à rêver, un rêve étrange, somptueux, obscène. J'étais dans les bras d'une très grande et très grosse femme, aux seins énormes, et elle bougeait contre moi. Ses mamelles me balayaient d'une façon très douce et très complète, d'abord le visage que j'avais enfoui dans sa poitrine, puis mes propres seins, puis, lorsqu'elle s'est agenouillée, le ventre, le sexe, les cuisses. Elle m'a retournée, puis est remontée le long de moi, a épousé, toujours de ses deux gros coussins de chair, le galbe de mes mollets, a souligné mes fesses, s'y est insinuée. J'ai écarté les jambes pour sentir la douceur de ses seins sur la face interne de mes cuisses et dans l'ouverture de ma fente. Je me suis mise à la désirer follement ; j'aurais voulu qu'elle me fasse l'amour avec sa poitrine, ses mamelons devenaient de plus en plus persuasifs. Elle savait en diriger, d'une main audacieuse, la pointe sur mon bouton et ce délicieux frottement me procurait de véritables décharges électriques...

Elle m'a dit : « Regarde comme je bande ! » et c'était vrai, ses seins s'étaient allongés, les bouts avaient grossi et durci, on aurait dit des doigts pointés vers moi. J'étais stupéfaite, angoissée, troublée. Elle m'a forcée à me coucher par terre, s'est mise à genoux, a tiré mes jambes à elle, a installé mes fesses sur ses cuisses imposantes, m'a écartée. « Ouvre bien ta chatte, m'a-t-elle recommandé, je vais t'en mettre un... » Et elle l'a fait !... J'ai senti d'abord le mamelon, long et dur, qui s'appuyait sur mon con et l'enfilait, et puis je me suis ouverte, ouverte, et son sein est entré en moi jusqu'à la base. L'écartèlement m'était plus voluptueux que douloureux, j'étais envahie, comblée, bouchée à fond.

« Allez, tète ! a-t-elle ordonné. Comme lorsque tu étais petite, tu aimais ça, hein, téter les nichons de ta maman ? Allez, tu es toute petite, bois ! » Alors, j'ai bu. J'avais une véritable bouche entre les cuisses, et je la pompais. Elle coulait, d'un liquide très épais, et je ne m'étonnais même pas de ce prodige qui faisait que j'en percevais le goût. C'était douceâtre, sucré, et ça avait l'air intarissable. Parfois — je n'arrivais pas à avaler assez vite, et le flot me submergeait, me noyait le con, dégoulinait dans mon ornière jusqu'à mon cul. J'étais baveuse de partout, j'aurais voulu qu'on me nettoie, qu'on me sèche, mais le lait coulait toujours, et mon ventre affamé pompait, pompait...

Je me suis réveillée passablement excitée. Je m'étais retournée dans mon sommeil, j'étais à présent sur le dos, et vous me frôliez le ventre et le pubis d'une main légère. J'étais trempée parce que mon con laissait s'échapper les dernières traces de notre précédent plaisir, peut-être aussi parce que mon rêve m'avait beaucoup troublée. J'ai porté la main à mon sexe, qu'une goutte, en glissant, était en train de chatouiller, et je m'y suis attardée complaisamment, encore sous le coup de mes émotions oniriques...

Vous avez échangé un long regard incrédule, indigné : « Non, mais elle ne va pas s'envoyer en l'air devant nous, maintenant ?... » Oh ! Que si ! C'était une idée à vrai dire amusante, séduisante, piquante... Vous montrer comment on se fait jouir toute seule, comment on se passe de vos sacrés trucs. J'avais le désir soudain, après avoir eu une si grande envie de vous tout à l'heure, de vous défier un peu, de vous vexer un peu. Mon somme m'avait fait cadeau d'un plaisir absolument, uniquement féminin où vous n'aviez pas de place, avec vos grosses bites agressives, et il me plaisait d'en faire durer l'atmosphère étrange, mais torride.

« Regardez comme c'est facile de vous oublier, mes chéris, comme c'est simple de se passer de vous ! Je suis une machine parfaitement rodée et parfaitement autonome. Ma main gauche, c'est le moteur. Du pouce, je trouve mon con, très doux, très accueillant, je m'y niche, je m'y installe, j'y danse un peu. De l'index, je pénètre mon cul. Pas comme vous, pas si brutalement. Je n'ai pas à forcer, pas à pousser, je n'ai rien à faire. Je pose le bout de mon doigt dessus, légèrement, comme si je frappais par politesse chez quelqu'un dont je sais qu'il m'attend, et je laisse faire... Mon cul, très civilisé, connaît la manière d'inviter, de recevoir, de s'ouvrir. Chez lui, c'est petit, chaud, serré, intime. Mais quand on est habile, ça devient vite très moelleux, et on peut aller très loin. Vous voyez comme je vais loin avec mes deux doigts, comme je me tiens bien, comme je me comble bien ! Mon pouce est au large, il nage dans un tiède marécage aux rives pulsatiles, dans une rivière au lit indéterminé, mais si tendre, si confortable...

« Mon index prend des audaces, tente d'élargir un peu le couloir où il progresse, et c'est divinement bon de s'enculer comme ça, tout seul, tout gentiment. Je ne commande même plus mes gestes, ma main est très intelligente, c'est la meilleure maîtresse, le meilleur amant que j'aie jamais eu. Il n'y a qu'elle pour savoir jusqu'où elle peut aller, jusqu'où elle peut fouiller... Il n'y a qu'elle pour me pincer comme ça, de l'intérieur, très loin entre les fesses, ou les reins, je ne sais pas bien, et éprouver de deux doigts bien introduits l'élasticité de ce rideau qui sépare mes deux trous...

« L'autre main, elle, c'est le starter. Elle a un truc quasiment infaillible pour organiser les voyages, pour m'emmener loin, et haut, et longtemps. Mais je ne lui confie pas tout de suite l'expédition ; un itinéraire comme celui que j'ai décidé de suivre, ça se prépare. Alors ma main droite, qui n'aime pas rester inactive, s'occupe des bagages. Je veux partir bien prête, bien parée, bien chargée de plaisir, de désir, d'impatience... C'est pour ça qu'elle se montre si diligente, ma main droite. Vous voyez comme elle m'écarte délicatement, comme elle me dessine soigneusement : le contour des grandes lèvres, l'endroit sensible où elles se rejoignent, en haut, leurs deux ravins bien symétriques autour des pétales du milieu... Vous voyez comme mes doigts s'y entendent, là aussi, pour me faire frissonner, pour me faire réagir. Ils ont appris depuis longtemps tous les points stratégiques, et tous les effets de chacune de leurs caresses : ici ça m'ouvre les cuisses, là, ça me resserre les fesses, là encore, ça me bombe le ventre ; qu'ils touchent par ici, et je halète, plus haut, et je me tords, plus bas, et je pousse à fond sur la main gauche qui, très compétente, vient à ma rencontre...

« Mais longtemps, longtemps, les doigts de ma main droite éviteront, jusqu'à ce que je donne l'ordre d'y toucher, ce bourgeon de chair arrogant, au cœur de tous mes méandres, petite bête si vive, si rétive, si dure à apprivoiser, mais si fidèle quand on a gagné sa confiance, longtemps ils se garderont, malgré l'envie que j'en ai, et qu'il en a aussi, d'atteindre le clitoris, qu'il faut à la fois éveiller et ménager, alarmer et respecter. Qu'il n'en puisse plus de chasteté imposée, qu'il se rende, que sa minuscule tête affolée vienne toute seule se frotter à l'étreinte, et seulement après, avec ma permission exclusive, que mon doigt (toujours le même) s'y pose, avec calme et assurance d'abord, pour en éprouver le touchant dynamisme, l'émouvante ardeur...

« Ensuite je ne réponds plus de rien : C'est l'étincelle et l'incendie simultanés, inextinguibles. Ma main droite valse dans les flammes avec une vitesse qui confine à la vibration, c'est une musicienne échevelée, une gitane abandonnée à l'extase de la danse et qui ondule comme une forcenée. Regardez, regardez bien, regardez vite, ça ne va pas durer : je me baise toute seule et j'aime ça, et je jouis d'être ouverte devant vous, et obscène, et animale, et sorcière... Je jouis de vous imaginer, de vous remplacer, de vous supplanter, et je vais même crier, et me tortiller, et fermer les yeux, et m'immobiliser au sommet de la joie, très cambrée, brûlante, émerveillée...

« Voyage sans anicroche, paysages grandioses, objectif atteint... »

Je reviens sur terre pour vous retrouver, avec plaisir, d'ailleurs... Je vous avais un peu oubliés dans mon périple. Je voulais surtout vous taquiner, et puis, vous savez ce que c'est, on se laisse entraîner... Alors ? Comment ça va depuis avant mon départ ? Quoi de neuf ? Vous avez changé, on dirait... Vos expressions, vos visages ont changé — de beaux visages, soit dit en passant, aux contrastes flatteurs. Boucles nerveuses et brunes d'un côté, vagues mousseuses plutôt blondes de l'autre, mâchoire carrée, traits énergiques ici, là, physionomie plus douce, plus rêveuse, plus fine aussi ; le regard de gauche hésite entre le jaune et le vert, tandis qu'un ciel incertain, tantôt gris et tantôt bleu, teinte celui de droite. Je vous trouve beaux, et différents, et peut-être beaux parce que différents. Déshabillez-vous !... Comme tu es mat, toi, mon chéri, mon grand, mon familier, comme il est clair, lui, l'inconnu ou presque, le nouveau, l'inattendu... Dire que je vous ai vus pareils, tout à l'heure !...

L'alcool devait m'embuer, il faut croire, et la nuit aussi. Le jour s'est tout à fait levé, et je vous contemple, mes deux amants de l'aube, émouvants, dissemblables autant que vous me paraissiez jumeaux. Ton corps est plus trapu, plus carré, plus solide. Le sien est plus gracieux, plus délié, plus délicat... Votre virilité aussi a sa personnalité, la blonde pudique, malgré son émoi, parce qu'il se débrouille pour garder toujours un maintien modeste, une attitude à la limite de la timidité ; la brune véhémente, vindicative, parce que tu aimes à l'exhiber et que tu lui délègues volontiers des pouvoirs d'ambassadeur...

Lui, c'est un poète, un artiste dont on se rend compte après coup, avec une légère surprise, qu'il a un sexe et qu'il sait s'en servir. Pour toi, c'est l'inverse : on fait d'abord connaissance avec ta queue, et l'on s'étonne de découvrir, après, après seulement, qu'elle cache (et tu me permettras cette expression flatteuse) l'homme.

Vous voilà nus tous les deux, bandant tous les deux, lui avec réserve, toi avec ostentation, et je tombe amoureuse de votre duo. Je voudrais vous faire des déclarations enflammées et inédites, mais je n'ai pas appris à énoncer les mots de l'amour au pluriel... Alors ma bouche se ferme sur des tendresses que je garderai pour moi seule, et je me contente d'épier, dans vos yeux, l'intérêt que j'y ai suscité en me branlant devant vous de façon éhontée.

Le manège vous a visiblement allumés, vous avez une expression terriblement concentrée, presque jusqu'à l'hébétude, jusqu'à l'angoisse. Une curiosité lubrique vous a tendus vers moi, vous a figés dans une attitude animale de guet, d'arrêt, de chasse prudente et silencieuse. Vous vous êtes dévêtus quand je vous l'ai demandé avec des gestes feutrés, des retenues de passagers clandestins, parce que vous ne vouliez pas, ni l'un ni l'autre, abîmer ce climat d'attention extrême, qui vous avait agacé les nerfs et gonflé la queue.

Et maintenant vous me scrutez sans rien dire, sans bouger... C'est la pause intense, la seconde éternelle avant le bond du félin... Moi non plus, je ne dis rien. Sur ma peau, je sens la brûlure de vos regards, et des ondes me parcourent, comme une eau calme qu'un vent d'orage raye...

Paradoxalement, je comprends tout à coup combien je t'aime, toi, toi tout seul, même à travers lui que je désire. As-tu la même impression ? Penses-tu la même chose que moi, au même moment ? Quitte-moi des yeux un instant, tourne-toi vers lui, et regarde-le me regarder, regarde-le me convoiter, me détailler, m'apprécier. Adore-moi, non telle que je suis, mais telle qu'il me voit, lui, telle que me voient les autres hommes que je séduis sans les aimer. Sens-tu comme je suis précieuse, comme je suis belle, comme je suis tentante pour lui, en ce moment ? N'es-tu pas plus fier de me posséder, plus attendri, plus reconnaissant, plus comblé, plus épris de moi, n'es-tu pas en un mot plus jaloux au moment où tu me donnes à lui et où il va me prendre ? Et n'es-tu pas plus flatté aussi, de ce qu'il me plaise, pas plus sûr de mon sentiment pour toi, de mon admiration, de ma tendresse, puisque tu me sais sensible au charme des hommes, mais uniquement préoccupée de toi, mon amour ?...

Le moment dure, et je règne sur vos espérances, parée au regard de chacun par celui que me porte l'autre. Vos ferveurs se nourrissent l'une de l'autre, l'émulation qui n'existait pas quand nous sommes arrivés ici vient de naître de ce trouble jeu de coups d'œil. Chacun semble avouer : « Je la veux d'autant plus que tu la veux aussi ! » Me voilà au centre d'une rivalité sans animosité, sans hargne, mais non sans noblesse, et je vous attends, mes seigneurs, mes maîtres, mes esclaves...

La détente a été double et, une fois de plus, parfaitement simultanée. Votre force conjuguée m'a soulevée de terre, portée jusqu'à ce bar que je n'avais pas encore vu dans un coin du salon. Tu t'es assis sur un des tabourets, très hauts, qui le flanquaient. Nos ébats allaient prendre de l'altitude...

Je t'ai tourné le dos, je me suis juchée sur les tasseaux transversaux qui relient les pieds du siège, tu m'as saisi la taille, très vite, à deux mains. J'ai trouvé sous mon cul ta bite raidie, furieuse. Tu m'as installée dessus d'une vive pression, et j'ai crié de saisissement. Lui était là, devant moi, debout, exactement à la bonne hauteur, et je voyais sa queue luisante, affolée, qui battait une drôle de mesure. Tu as passé tes mains sous mes cuisses, tu les as soulevées, écartées, tu m'as ouverte à fond et je suis encore descendue sur ton dard, et tu m'as maintenue comme ça, absolument offerte à l'autre, que le désir aiguillonnait et qui m'a enfilée sans façon.

C'est lui qui nous a imposé sa cadence, toi, tu me portais seulement, et moi, coincée entre vous deux, empalée sur vos deux barreaux, ruisselante, haletante, j'ai laissé faire. Devant moi, il dansait une frénétique danse du scalp, ou de la pluie, ou de l'amour. Il ne barattait pas seulement d'avant en arrière, mais de gauche à droite, m'élargissant consciencieusement, comme s'il avait voulu me rendre béante, puis ses mouvements sont devenus circulaires, ses hanches tournaient vite et sa trique dessinait en moi des ronds parfaits, et j'avais l'impression que mon con faisait des « Oh ! » émerveillés.

Derrière-moi, tu ressentais les contrecoups de son pilonnage, et tu haletais dans mon cou. Une tempête me ballottait, j'avais un peu peur de chavirer, mais la volupté qui commençait à m'envahir prit bientôt le pas sur la frayeur et la douleur. Tu m'avais un peu violée, et la brûlure de ta pénétration était en train de se transformer en une chaleur terriblement suggestive.

J'ai savouré vos pines, et leurs glissements et leur volume, avant de me résoudre au plaisir. C'est lui qui a eu raison de mon stoïcisme, avec un geste que j'ai trouvé, à cet instant, d'un érotisme irrésistible : il a ramassé, de ses mains restées libres, la masse de ses couilles, et les a écrasées entre nous deux, sous sa bite et sur mes poils, à la base de ma chatte, en se serrant très fort contre moi, et en murmurant d'un air hagard : « Tu les sens ? Tu les sens ? » Il m'a semblé plus convenable de perdre moi aussi mon sang-froid à cette minute, et je me suis branlé le bouton avec une frénésie encore non égalée cette nuit-là.

Quand j'ai commencé à gémir, je t'ai entendu, contre mon oreille, qui chuchotais, d'une voix un peu altérée : « Alors, petite salope, on croyait que tu nous aimais plus ? Dis, c'est pas mieux qu'avec les doigts, ce qu'on te met ? » J'ai reconnu, j'ai crié que si, que oui, que c'était bien, très bien, génial, formidable, et seulement après cette capitulation, vous avez déchargé avec des secousses, et des spasmes, et des plaintes, que j'ai perçus comme autant d'hommages...

Il était grand jour, il était grand temps... Nous l'avons quitté, puis nous nous sommes quittés, et j'ai gardé le sentiment que tu m'avais offert cette nuit-là un peu comme un cadeau d'adieux, un cadeau ambigu, qui me laisserait de toi deux fois plus de nostalgie, deux fois plus d'émotion, deux fois plus d'envie de te revoir...

Chapitre VIII

Cela avait commencé comme un jeu... En arrivant chez moi, tu m'avais trouvée à mon bureau. « Encore en train d'écrire ? — Tu sais bien, avais-je répondu, que je suis une femme de papier ! »

Alors tu m'avais saisie à bras-le-corps, d'un de ces gestes tendres et rudes qui te sont familiers, tu m'avais un peu bousculée, un peu malmenée, pour finalement me coucher, malgré mes protestations, sur la table encombrée de notes, de carnets, de blocs, de dictionnaires... « Viens là, femme de papier, viens à ta place ! » m'avais-tu ordonné et, finalement, je m'étais docilement allongée entre ma machine à écrire et mes pots de crayons, sur le grand buvard qui me servait de sous-main.

Tu eus vite fait d'écarter les pans de mon déshabillé qui n'avait jamais si bien porté son nom que ce jour-là. Dessous j'étais nue ; tu commenças par me caresser d'un geste complet, rapide, comme on lisse du plat de la main la feuille blanche avant d'y écrire les premiers mots d'une lettre.

Tu t'étais installé sur ma chaise, une chaise très haute

de secrétaire, montée sur roulettes et sur pivot. J'avais l'impression d'être une patiente livrée à l'examen du médecin, et cette idée, qui avait souvent hanté mes fantasmes, m'émut plus sûrement encore que tes mains.

Tu t'emparas d'un feutre noir, à la pointe très épaisse et très humide, et tu entamas sur moi un étrange travail de calligraphie... « Je vais te transformer en dictionnaire de l'amour », me dis-tu, et, joignant le geste à la parole, tu posas le stylo sur mon cou, et tu écrivis, en articulant à haute voix : « Cou : partie du corps réservée aux baisers tendres et troublants. » La définition que tu avais notée partait de dessous mon oreille droite, soulignait mon décolleté, pour venir mourir sous l'oreille gauche. Ce collier de mots dont tu venais de me parer n'était que le premier d'une série que j'espérais très longue et de plus en plus suggestive.

Tu entouras ensuite chacun de mes bras, à mi-chemin entre l'épaule et le coude, d'un bracelet de petits caractères noirs que tu t'appliquas à dessiner avec soin. « Bras, écrivis-tu sur le gauche, membre que l'on ouvre pour le baiser », et sur le droit : « Bras, membre que l'on resserre dans l'étreinte. » La mine du feutre me chatouillait délicieusement, surtout à l'intérieur du bras, à l'endroit où la peau est si fine, si protégée, si secrète qu'elle reste toujours plus blanche que partout ailleurs.

Sur mes mains, ou plutôt dans mes mains, tu écrivis : « Mains ouvrières de l'amour, caresseuses, tripoteuses, branleuses. » Je m'abandonnais à l'attouchement nerveux de cette pointe de stylo qui courait sur mes paumes ouvertes et redessinait à sa façon mes lignes de chance et de vie. Tu saisis aussi mes doigts, mais manifestas un certain embarras. « C'est lequel, déjà ? », demandas-tu, et, sans rien dire, je te répondis d'un geste qui eût pu passer pour obscène, mais en étions-nous à cela près, vu la tournure que prenaient les choses ? Tu notas donc sur le majeur de ma main droite, toujours du côté interne : « Doigt du clito », et, par déduction, tu définis sans peine certains autres doigts de ma main gauche, d'une manière que je trouvai un peu crue (mais le moyen de t'empêcher lorsque tu as une idée en tête ?), « Doigt du con » et « Doigt du cul »... La fantaisie ne me déplaisait pas et ce crayon commençait à prendre sur moi un drôle de pouvoir. Je n'avais encore rien vu !...

Lorsque tu te posas sur mes seins, je tressaillis légèrement. Déjà, tu crayonnais, entourant chacun des deux globes de cercles concentriques en pattes de mouche, qui allaient s'amenuisant vers le mamelon. Tu énonças : « Seins : rondeurs jumelles de volume et de consistance variables, avant-scène du théâtre des opérations amoureuses. » Le contact était à la fois émoustillant et douloureux, parce que tu comprimais, d'une main gauche très ferme, la base de ma poitrine, pour pouvoir écrire, de la droite, sur une chair moins mobile et moins élastique. Tu ramassais entre tes doigts puissants la masse du sein, et tu y gribouillais, d'une plume appuyée, un peu complaisamment cruelle.

J'hésitais encore entre la souffrance et le plaisir, quand tu descendis sur mon ventre que tu couvris de graffiti assez délirants : « Ventre : dernière halte avant le con, suivre les flèches », et tu dessinas à grands traits noirs des tas de flèches convergeant vers un seul point, plus noir encore...

A l'intérieur de mes cuisses, tu consignas : « Cuisses : à écarter pour baiser. L'entrée est par là. » Et j'eus droit à de nouvelles flèches, ascendantes, celles-ci. De dictionnaire je devenais peu à peu mode d'emploi. Je redoutais le fameux « Agiter avant de s'en servir », mais trop tard, tu me retournais déjà, m'arrachant mon unique vêtement (si l'on pouvait appeler ainsi le léger voile chiffonné qui ne me couvrait presque plus) pour barbouiller mon dos et mes fesses.

Là, le gamin (ou l'artiste ?) qui dormait en toi se réveilla tout à fait : je me sentis zébrée de grandes lignes, et je crois que j'étais plus, sur le côté pile de ma personne, une carte routière qu'aucun autre document. L'itinéraire que tu recommandais était direct et sans détour. Il descendait brutalement de ma nuque à mes fesses, et du sommet de mes fesses s'insinuait en plusieurs chemins possibles, mais de longueur égale, dans ma vallée intime. Si l'on voulait partir de mes jambes, du creux de mes genoux, par exemple, la route à suivre était aussi franchement tracée : un grand trait juqu'au pli de la fesse, et un plus petit (une sorte de sentier forestier) pour remonter jusqu'au point de rendez-vous. Stevenson, en écrivant *L'Ile au trésor,* avait fait preuve de moins de ferveur, de moins d'imagination que toi, qui étais en train d'entourer, d'un cabalistique signe à l'encre noire, l'endroit où aboutissaient tous tes parcours : mon cul, que je crispais sous l'agression car, décidément, la pointe de ton feutre se faisait bien autoritaire...

Et puis, tu décidas d'égayer un peu ces pages trop sombres que tu venais de noircir d'un crayon monotone. « Femme de papier, je vais te maquiller ! », et tu choisis un marqueur rouge dont tu teignis d'abord la pointe de mes seins, car tu venais une fois de plus de me retourner sur le bureau, exactement comme un brouillon qu'on lit et qu'on relit, qu'on retouche et annote.

Ensuite, tu glissas une main sans douceur entre mes cuisses en déclarant : « Il y a dans ce livre des feuillets bien cachés », et tu te mis en devoir d'en briser le secret, d'en déshonorer la pudeur... Tu me fis un sexe tout rouge, peignant à grands coups de ton pinceau sanglant, n'épargnant rien, forçant le moindre repli, barbouillant du même enthousiasme l'intérieur des grandes lèvres, le délicat dessin des petites, l'entrée du vagin ; lorsque tu passas sur le clitoris, je ne pus retenir un cri de douleur, tant l'attouchement avait été brutal...

L'encre dont tu me fardais avec tant de fougue se mit bientôt à brûler les tissus fragiles de mes muqueuses, et je fis un geste pour me relever et me diriger vers la salle de bains. Mais tu me maintins de force sur la table en décrétant que l'œuvre d'art était loin de la touche finale. La cuisson que je ressentais avait quelque chose d'ambigu : c'était à la fois comme si on m'avait frictionnée avec des glaçons, et comme si une grande main très chaude prenait possession de mon intimité.

Je reconnus alors, aux spasmes de mon con, qu'une étrange volupté était en train de naître de cette irritation. C'était la première fois que j'avais aussi littéralement le feu au cul. Je te dis : « Souffle dessus, ça brûle trop ! » et tu refusas : « Non, je vais te fignoler. » La peur me fit serrer les jambes, mais tu étais plus fort que moi et j'avais la chatte encore plus douloureuse quand je la refermais.

Tu venais de trouver un pinceau assez fin, dont tu commenças à me caresser ingénieusement. Du bout des poils, tu t'appliquas à suivre scrupuleusement, méthodiquement, toutes les lignes d'une géométrie qui finit par vibrer d'émoi. Tu me recréais, tu me redessinais, comme un artiste diligent et je me sentais devenir œuvre d'art sous ta main, rosace magique d'une cathédrale tout entière attentive...

Ta minuscule brosse n'oubliait rien, s'insinuait dans le moindre recoin, montait et descendait dix fois de suite au long de ma fente, flattait le clitoris, chatouillait l'entrée du vagin, et il me semblait que mon sexe s'ouvrait, s'épanouissait lentement, très lentement, comme ces fleurs qu'on voit presque éclater à l'œil nu, pétale après pétale. La brûlure que l'encre m'avait infligée avait exacerbé ma sensibilité, et la danse lascive de ton pinceau devint bientôt intolérable. J'avais entre les cuisses une sorte de monstrueux nénuphar de chair vive, déployé, offert, ardent, impudique...

Mes trous s'étaient ouverts, relâchés, complètement apprivoisés par la caresse, affolés de plaisir, j'en percevais la pulsation, ils se dilataient pour t'appeler, se crispaient pour mieux se dilater encore. Je t'ai supplié : « Baise-moi ! Viens, viens dans moi... », mais tu avais soudain un air mystérieux, inquiétant. J'ai deviné que ce n'était plus le petit garçon barbouilleur et facétieux qui parlait en toi, lorsque tu m'as répondu : « Ce n'est pas avec une queue qu'on baise une femme de papier... »

Quel mauvais génie t'inspirait alors ? Quel diable te poussait ? J'ai vu luire dans tes yeux un éclair méchant, et nous avons pensé tous deux au même instant à ce marquis génial et détraqué, divin et satanique, qui marqua la littérature de son imagination sauvage, raffinée, de ses fantasmes hallucinés...

J'aurais pu, si je l'avais vraiment voulu, fuir et me refuser à tes exigences, mais une curiosité perverse me retint sur la table, ainsi qu'un bizarre désir : je voulais savoir jusqu'où tu pouvais aller, et moi avec, jusqu'où pouvait aller l'amour du bourreau pour sa victime, et de la victime pour son bourreau, je voulais triompher avec toi de la banalité et du tabou ensemble, je voulais t'offrir ma résignation comme un joyau hors du commun, et me damner avec toi plutôt que renoncer... Je voulais devenir ta créature, je voulais devenir ta Justine...

Tu t'emparas de tous les stylos et de tous les crayons qui traînaient sur le bureau. Tu écrivis, avec, un drôle de livre, sans mot pourtant et sans phrase, un curieux roman aux accents sulfureux. Tu te fis le poète de la douleur, l'écrivain d'un amour torturé, bafoué, consentant et radieux. Mois je fus à la fois ton héroïne et le parchemin sur lequel tu gravais son histoire, et l'encrier où tu trempas ta plume barbare.

« Femme de papier, je vais te baiser à coups de crayon !... » Ta menace ne m'apprenait rien que je n'eusse déjà compris, et j'essayais en vain de me fermer à ta pénétration sadique. Mais j'avais trop mouillé, je t'avais trop désiré pour devenir tout à coup hermétique...

Tu envahissais déjà mon con sans douceur, et je n'avais pas vu combien d'objets composaient la botte que tu venais de placer. L'un d'eux m'écorcha en passant, d'un capuchon trop vif. Je n'eus pas le temps de gémir que tu me forçais ailleurs, en m'arrachant un hurlement. Je sentis les crayons (il y en avait sans doute plusieurs) entrer dans mon cul très brutalement, et tu les y enfonças d'un geste rageur.

Ton visage me fascinait, inhabituel, concentré sur un objectif que je supposais, en tremblant, diabolique. J'étais torturée, écartelée par deux pals trop rigides, trop épais, irréguliers, blessants. Tu annonças : « Encore un là, et là aussi », et tu t'exécutas. Je crus craquer lorsque tu envoyas les deux marqueurs rejoindre leurs frères, surtout derrière...

Je te vis avec horreur parcourir la table du regard, et je sus à cette seconde que mon calvaire ne faisait que commencer. Mon tourment devint alors autant moral que physique. A chaque crayon ajouté, j'espérais follement que ce serait le dernier, et je redoutais la prochaine souffrance...

Mon bureau offrait, hélas ! des ressources insoupçonnées. Tu découvris le tiroir et je me mis à grelotter d'effroi. Je te suppliai alors, accrochée à toi, mais tu restas impitoyable. « Encore un là, et un ici ! » J'étais bourrée à éclater. Le bord de mon vagin était tendu, je croyais le sentir se déchirer ; j'avais le cul horriblement douloureux et la fragile muqueuse qui le tapissait avait sûrement cédé, des gouttes d'un liquide chaud que je supposais être du sang coulaient entre mes fesses... De combien de pointes Bic, de combien de porte-mine, de combien d'instruments m'avais-tu pénétrée au juste ?

Tu t'immobilisas un instant, très tendu vers moi, qui hoquetais de détresse : « Tu vois, femme de papier, comment il faut te faire mettre ? », et tu saisis à pleine main la poignée de stylos qui dépassait de moi, qui sortait de mon cul, tu la branlas d'un mouvement circulaire qui acheva de me faire exploser. Mon ventre autant que mon trou souffrait de cette manipulation, je me sentais dépossédée de la plus élémentaire dignité, je n'avais plus ni sphincters, ni contrôle sur moi-même, et je n'osais pas imaginer ce qui se passerait lorsque tu ferais sauter ce terrible barrage, sûrement d'une main plus que tyrannique.

La souffrance, l'angoisse et l'humiliation me faisaient pleurer... « Regarde, me dis-tu, j'écris ton viol. J'écris comment tu t'es fait enculer par une poignée de crayons ! » Et tu continuas de plus belle à remuer en moi, à me soulever de douleur et de révolte...

Et puis, soudain, ce fut la trêve. Tu venais d'apercevoir sur la table le pinceau de tout à l'heure, l'artisan de mon trouble, négligé, oublié. Il te plut d'en tester à nouveau le pouvoir, et tu te remis à l'œuvre, comme précédemment, avec la même délicatesse, la même application. Et malgré mon double viol et ma double invasion, malgré mes tissus tendus à se rompre, je me surpris à vibrer encore sous le toupet magique.

Le plaisir que je ressentis à me faire chatouiller la chatte fut d'autant plus brutal qu'il était inespéré. Cette fois, je pouvais me crisper sur quelque chose, j'en avais plein le con, plein le cul, et c'était la première fois que je suçais mes crayons comme ça. Je les sentis coulisser en moi, tellement les effleurements du pinceau se faisaient suggestifs. J'étais toujours bourrée, mais plus si sauvagement ; je m'offrais à la possession de deux simulacres de bite, assez monstrueux, assez raides, mais jouissifs tout de même.

Je me tortillais sous les coups de pinceau, et, intéressé, tu encourageais mes efforts avec des ordures troublantes : « Bouge ton cul, salope, fais-toi jouir ; tu vas prendre ton pied de façon littéraire ! Tu aimes ça, te faire baiser par les deux trous ?... » Je me sentais décoller, j'oubliais le mal que tu venais de me faire pour m'abandonner mieux au bonheur qui montait, lorsque tu ajoutas : « Tu sais d'ailleurs que c'est dommage de se faire baiser par deux trous quand on en a trois ? »

Je n'eus pas le temps de réaliser vraiment, pas le temps de comprendre que, du pinceau si fin dont tu me frôlais, les poils t'intéressaient moins tout à coup que l'autre bout... Et tu me violas encore, mais d'une façon si inattendue cette fois, si inédite, si incongrue, que je restai d'abord hébétée par ce déchirement, ce coup de lancette fulgurant qui me traversait le sexe.

C'était difficile à localiser, difficile à analyser, et j'avais déjà perdu, en commençant à jouir, le sens de la réalité... Une flèche brûlante et glacée me pourfendait, remontait sous mon pubis ,venait crever ma vessie... D'un coup, je réalisai, je hurlai : « Non, non, pas là ! Pas si loin ! Ça fait mal ! Ça va couler !... » Trop tard, trop tard, je cédai à un orgasme mouillé, un orgasme en larmes et en jets, incrédule, douloureux, révolté, un sabbat qui faisait participer, pour la première fois de ma vie, tous mes orifices, et combinait à ma rancune la reconnaissance que je te vouais d'avoir su encore défier l'habitude.

Tu me délivras gentiment de mes tortures, et je pus enfin me blottir contre toi, qui bandais fort, et sangloter mon chagrin de petite fille forcée. Tu trouvas, bien sûr, les gestes qui consolent pour me faire oublier, avec la tendresse d'un prince charmant, quel affreux salaud tu pouvais être.

En descendant du bureau, je vis l'histoire que tu venais d'écrire, imprimée sur mon buvard de table : quelques gouttes rouges, de deux rouges différents. Un incarnat sanglant, pour raconter que je t'avais aimé jusqu'à la déchirure, et le vermillon éclatant d'une encre qui avait déteint et coulé, pour témoigner que je m'étais laissé percer, sonder, jusque là où personne n'était jamais allé avant toi...

Chapitre IX

J'effeuille avec décidément beaucoup de complaisance l'album de nos souvenirs, de nos folies et de nos incartades, et je m'étonne de leur nombre, car notre vie commune fut plutôt courte. Non pas courte dans le temps, puisque notre « liaison », ainsi qu'il est convenu d'appeler ce genre de relations, dura plusieurs années, mais courte au sens où nous avions choisi de ne pas unir nos destinées, et de les faire seulement se croiser quelquefois, pour une heure ou une journée, l'espace d'un épisode amoureux généralement savoureux, et nous ne voulions connaître du verbe aimer que la valeur la plus physique, la plus charnelle.

Pour mieux oublier que nous nous aimions, nous faisions l'amour partout, souvent, et le plus différemment possible chaque fois. Nous essayions à tour de rôle, ou simultanément, le pouvoir que nous avions sur l'autre, nous acceptions sans façon celui qu'il avait sur nous, et cette simplicité dans nos rapports nous évita toujours les affres de la passion, puis son inévitable affadissement.

Nous ne nous confinâmes pas, cependant, entre les murs d'une maison bien secrète, bien fermée ; car je me souviens que parfois la profonde intimité qui régnait entre nous fut plus évidente, plus tangible, au sein même de la société... Et certaines sorties que nous fîmes ensemble me semblent éminemment dignes de figurer au nombre des plus succulentes anecdotes de notre histoire.

Ainsi ce jour où nous sommes allés au cinéma pour voir un film cochon... L'idée était de toi, comme souvent, mais j'étais absolument partante. Je savais d'avance que le document n'aurait rien d'un chef-d'œuvre, et que ses qualités artistiques ne m'éblouiraient pas. Mais j'escomptais cependant une certaine émotion de cette séance, d'abord parce que j'étais avec toi, et que je n'avais jamais rien vécu avec toi qui ne sortît de l'ordinaire, et qui n'eût son prix. Et puis ma sensibilité, un peu spéciale, je l'avoue, un peu perverse, se troublait déjà, rien qu'à la vue de ce minable petit cinéma de quartier qui engonçait entre deux allées sombres ses vitrines aux pauvres photos, et ses titres tristement dégueulasses. Cette salle X avait un air clandestin et coupable, une allure sale et louche qui m'a bouleversée. Personne à la caisse, ou si peu de monde... Un vieux crasseux qui a profité de son mégot jusqu'au dernier millimètre avant de se décider à payer et à entrer, deux Arabes aux ongles noirs, au dos voûté, à la veste informe...

La caissière, bien sûr, était grosse et moche, et le couloir d'accès à la pièce de projection sentait mauvais. Je nageais avec béatitude dans tout ce sordide de convention. Je me payai même le luxe d'avoir un peu honte en pénétrant dans cet antre obscur et chaud, malodorant, où l'on devinait beaucoup plus d'affluence que le hall quasi désertique ne l'aurait laissé supposer, et où résonnaient les gémissements et les souffles rauques des deux créatures géantes qui s'ébattaient déjà sur l'écran.

Tu m'as poussée vers les fauteuils du dernier rang. Je savais d'expérience que tu affectionnais ces places plus discrètes que les autres, sans personne derrière pour nous voir. J'ai dû déranger quelqu'un qui occupait le premier siège en bordure de l'allée ; il s'est levé complaisamment, mais s'est débrouillé pour se coller le plus possible contre moi lorsque je suis passée. Il avait une haleine forte de vin et de tabac qu'il m'a soufflée au visage, et cette odeur, mêlée aux relents vagues de la salle — poussière et sueur intimement conjuguées — m'a à la fois dégoûtée et chamboulée.

Je me suis installée tout au fond, contre le mur. Je ne gênais personne ; j'ai pris mon temps pour enlever mon imperméable : je ne voulais pas plonger comme ça, tout de suite, dans l'action. Il y avait encore des sensations à analyser avant de m'intéresser à ce qui se passait sur l'écran. J'avais été privée du générique, ce qui en l'occurrence n'avait pas beaucoup d'importance, vu le peu d'envergure de l'œuvre choisie, mais je préférais descendre doucement, par paliers successifs, dans l'obscénité pour en profiter mieux.

Je récapitulai pour moi toute seule toutes les impressions éprouvées depuis la rue... Le hall, les vitrines, la caissière, les clients, le couloir... L'homme, dans le noir, qui m'avait touchée d'un contact rude, brûlant, rugueux, nauséabond... Le fauteuil où je m'étais enfin assise était aussi un peu rugueux, un peu nauséabond. J'en sentais l'étoffe raide de crasse et je n'osais trop m'y abandonner...

J'ai finalement regardé l'écran. Nous n'étions qu'à quelques minutes du début du film, mais il s'en passait déjà de drôles. Une bonne femme en petite tenue (une nuisette et une culotte stratégiquement trouée) se donnait du plaisir sous l'évier avec un plombier visiblement innocent de toute préméditation et qui n'avait pas seulement eu le temps d'enlever son bleu de travail... Il la chancetiquait avec l'application et l'enthousiasme d'un bon ouvrier, et elle roucoulait sous les coups de lime, les jambes frénétiques, la croupe montée sur ressorts, les seins en cavale hors du décolleté de dentelle.

Le mouvement ne me convainquait guère, trop rapide, trop saccadé, ni les minauderies de la fille, qui poussait des « Ah ! » et des « Oh ! » artificiels à pleurer, et n'avait aucun mot pour commenter le fougueux rodéo dont elle était l'objet.

Et puis, pour faire durer, sans doute, le plombier s'est retiré, et l'a laissée un peu gueuler toute seule. Elle se tortillait lubriquement, les genoux à un mètre cinquante l'un de l'autre, et la fente béante. Gros plan. L'endroit est peu poilu, visibilité oblige ; la chair semble hérissée, comme sous l'action du froid. On a une vue si directe, si nette de l'intimité de l'actrice, que ça ne peut précisément plus s'appeler une intimité. La voilà livrée à tout le monde, crevasse gigantesque et rougeâtre, muqueuses à nu, miroitantes, trou du cul plissé, plus sombre, à peine plus secret...

Elle se branle, bien sûr, c'était couru d'avance ; ses doigts voltigent de son con à son bouton, écartent les plis de peau, astiquent la longueur de la chatte, se baladent vers le trou du cul ; elle s'en met un dans le con, le ressort visiblement mouillé : il brille ; elle s'humecte le clito avec, et repart en direction du trou, tout en appelant son baiseur avec des miaulements de chatte énamourée.

Nouveau gros plan, sur la queue du plombier, cette fois. On voit que c'est un spécialiste en tuyaux. Il en possède un de gros calibre, vraiment ! Cette bite gonflée qui raye la combinaison bleue d'une chair rosâtre, veinée, noueuse, poilue à la base, me procure un formidable frisson. Elle bat sur le drap grossier du vêtement, et le gland éclate comme une cerise trop mûre. On le voit luire sous le feu des projecteurs, et couler d'un mince filet gluant... Bel engin, pour sûr, et fort suggestif !

La femelle continue à se tordre par terre, à s'écarquiller à pleines mains, à se peloter les seins et les fesses, à rouler des yeux blancs, à se lécher les lèvres d'une langue salace, et à proférer des saloperies...

Evidemment lui n'y tient plus. Il la relève, l'assied sur l'évier, et enlève sa combinaison, car il faut bien que la caméra saisisse sur lui des coins vierges de tout regard et appréhende la scène sous un autre angle. Le voilà nu à partir de la ceinture, le bleu de travail en accordéon sur les chaussures et le tee-shirt trop court pour cacher ses fesses. Il nous tourne le dos, il va la bourrer debout, elle a un pied sur l'égouttoir et un pied sur la cuisinière. Il écarte les jambes, autant du moins que le lui permet le pantalon qui entrave ses chevilles, et l'œil voyeur de la caméra se fixe sur ses couilles, de belles couilles, ma foi, brunes, velues, toniques... Ça fait envie, on insinuerait bien une main gourmande pour tâter cette paire aguichante qui tremble au rythme de leur sarabande...

Comme je me laisse emporter par ces images sans génie, mais non sans charme, je sens ta main sur mon genou, non sur ma cuisse, non, entre mes cuisses... C'est une main qui va très vite, et ce sont des cuisses très dociles... Tes doigts s'affolent à la lisière de mes bas, jouent avec les jarretelles, éprouvent la douceur de la chair entre le nylon et la culotte, et glissent avidement un peu plus haut, un peu plus loin, un peu plus avant, un peu plus profond... Te voilà, mon chéri ? Sois le bienvenu ! Je t'attendais sans vraiment y penser, tu sais ? Tu sens comme ça mouille ? J'ai bien envie de toi... Oui, mets-moi un doigt, c'est une excellente idée. Attends, je vais te faciliter la tâche !... Et je m'avance tout au bord du siège pour pouvoir m'écarter davantage.

Sur l'écran, il la baise toujours. On a changé d'angle, perdu les couilles de vue. L'objectif est resserré sur le con glissant où coulisse régulièrement un manche d'une grosseur hallucinante. Cette régularité du mouvement me bouleverse. C'est une cadence qui parle davantage à mon imagination.

Tandis que tu continues à me chatouiller, j'avance la main vers ta braguette. Belle érection ! Je m'émerveille à calibrer, de la paume, d'abord, de l'anneau de mes doigts ensuite, le barreau qui t'est venu. J'ai presque l'impression d'assister à un spectacle en trois dimensions : en face de moi, une trique en long et en large, et sous ma main, en relief. C'est très vivifiant, comme combinaison de sensations !

Le siège de mon imagination, que je situais jusqu'à présent assez vaguement quelque part dans mon cerveau, vient brusquement de migrer : le voilà au bas de mon ventre, entre mes cuisses, entre mes fesses. Tempête dans une culotte... Je me mets à gamberger du sexe, à divaguer du con. Je me tortille sur mon fauteuil, tandis que tu continues à titiller tout ce que tu trouves à ta portée, à entrer et sortir, à te promener au hasard de mes moiteurs et de mes accueils.

Et si j'enlevais ma culotte ? C'est vite fait de soulever les fesses et de la faire glisser d'une main, tandis que l'autre s'extasie toujours sur ta queue qu'elle sculpte millimètre par millimètre. Ah ! Je n'aurais jamais cru que le velours poisseux de ce fauteuil me chaufferait autant le cul ! J'ai le derrière nu et la minette ouverte sur l'étoffe un peu piquante, un peu rêche, et ça m'excite au plus haut point. J'aimerais me faire fourrer avec un paf recouvert d'une capote en peau de fauteuil... Ce serait démentiel... Rien que l'idée me gonfle partout, les seins, le ventre, le cul... Tout ce qui entoure, protège, définit ma fente, tout ce qui la peuple participe à cette bandaison, se gorge de sève ; j'ai du plomb dans le périnée et une espèce de lourdeur urgente et voluptueuse partout... Quand je te dis que mon imagination s'est réfugiée là tout entière !

J'ai le clito qui extravague et le con qui rêve de toi, de ta pine... Cette grosse veinarde sur l'écran est en train de se faire bourrer d'importance, et moi, je me sens toute vide ! Je me penche à ton oreille pour t'avouer mon émoi, et, sans embarras, tu m'invites : « Viens t'asseoir sur moi ! » La proposition me coupe le souffle. Je n'oserai jamais ! Et, tout en refusant l'offre d'un signe de tête qui se veut indigné, je jette un coup d'œil en coulisse autour de nous. A notre rang, personne, sauf le type du bout qui m'a plaquée tout à l'heure. Immédiatement devant nous, cinq ou six spectateurs, visiblement passionnés par le film, mais... s'ils se retournaient ?...

Tu insistes, une main à mon cou pour m'attirer vers toi, et j'essaie de résister. Vas-tu user de la force, comme cela t'arrive parfois ? Non, c'est trop risqué. Tu tentes plutôt l'action psychologique : ta main me lâche, et je la suis des yeux, fascinée. Que vas-tu faire ? Ma parole, mais c'est un vrai numéro de strip-tease que tu exécutes là ! Tu as saisi de deux doigts délicats la coulisse de ta fermeture éclair, et, avec des lenteurs démoniaques, tu la tires peu à peu vers le bas...

Devant nous, sur le mur, il la besogne toujours, même qu'il lui a mis un doigt dans le cul et que ça la fait chanter... A côté de moi, dans la demi-obscurité, ta queue vient de jaillir, scandaleusement claire sur tes vêtements sombres. J'ai un regard rapide pour le bonhomme assis à quelques sièges de nous, là-bas, mais tu sembles l'ignorer totalement ; tu me fais les honneurs de ta bite, avec des gestes tentateurs et follement persuasifs. Tu la décalottes doucement, tu la serres à la base pour m'en montrer toute la rigidité et l'envergure, on dirait que tu te tends vers moi, que tu me montres du doigt, et moi je perds la tête, coincée entre ce zob gigantesque qui continue son astiquage sur l'écran et qui me fait baver depuis tout à l'heure et ce que tu m'offres là, si près de moi, si tangible, si alléchant...

Mon corps capitule avant que je ne lui en donne consciemment la permission. Le voilà qui se soulève précautionneusement... J'essaie de faire le moins de bruit possible, le moins de mouvements possible, la distance pourtant minime qui nous sépare me semble interminable... Je suis presque debout devant toi, au-dessus de toi. Il s'agit de bien viser, de ne pas te rater. Devant nous, personne ne bouge... Je n'ose pas regarder l'autre, au bout du rang... Doucement, doucement, je me rassois, tu me guides par la taille ; heureusement, j'avais une jupe large, que tu as su neutraliser habilement en en attrapant le bord, derrière moi.

Je continue à descendre vers toi... A quand l'accostage ? Je ne me suis jamais posée si prudemment, j'ai l'impression de tourner un film, moi aussi, mais au ralenti... Ça y est, je te sens, je te touche ! Tu t'appuies légèrement entre mes fesses, dérapes un peu, et puis je te gobe, très vite. Le chemin était tout tracé, mais, tout de même, c'est une jolie manœuvre !

Tu es sur orbite, et même bien comme il faut. Mazette ! Chouette fusée ! Je suis tout affolée de joie, et je voudrais courir, galoper sur toi, mais mon cœur bat très vite, j'ai une peur stupide et terrible d'attirer l'attention...

Je renonce au va-et-vient fiévreux, à la chevauchée fantastique, bien que l'action qui se déroule sous nos yeux m'y incite, de son rythme de plus en plus précipité. Le plombier est en train de résoudre à sa façon un satané problème de robinet, il se déchaîne dans le conduit de sa cliente avec fanatisme, et j'envie leur liberté de mouvement, moi qui, empalée à fond sur ton manche, n'ai pas assez d'audace pour remuer un peu, pour remonter et redescendre encore, et le mesurer sur toute sa longueur d'un con émerveillé... Ta main qui me branle par-dessus le marché achève de me bouleverser, mon Dieu, mon Dieu, comment vais-je faire ? J'ai besoin de jouir, vraiment besoin, et je suis comme paralysée...

Dans mon ventre, c'est le suspens ; on attend le signal, on est recueilli, tendu, toute chair en arrêt avant la cavalcade libératrice ; et l'attente dure, dure...

Je ne bouge toujours pas, alors je sens que peu à peu on se passe de moi, là-bas au fond, on engage la révolution sans moi. Mon con se met à te serrer, à te pomper comme un fou, il t'a trop voulu, trop espéré pour se laisser priver de plaisir par une idiote comme moi, qui ne sait plus rien faire... Il bat, il aspire, il respire, il palpite, il t'avale...

Je vais jouir de toi, de ton épaisseur, de ta force, de ta puissance, mais je vais jouir immobile, figée par la terreur, et je sens d'avance que la joie sera triste et frustrante, comme si j'avais mangé quelque chose de bon sans le mâcher, sans le déguster, en l'avalant tout rond...

Et cette tristesse me semble si absurde, si bête ce sacrifice, que je cède soudain à ma folie d'animal amoureux, au rut turbulent, aux reins fougueux. Me voici ! Me voici ! Et je me mets à t'astiquer de toute la vigueur de mes cuisses trop longtemps crispées, de mes mollets immobiles trop longtemps, de mon bassin qui entame une java époustouflante...

Branle-moi, branle-moi, j'arrive au grand galop, que c'est bon de courir comme ça, de voler comme ça, de voltiger sur toi sans te perdre une seule fraction de seconde !... C'est un numéro archi-rodé, inratable, fantastique... La charge héroïque, et, au sommet, la décharge, non moins héroïque...

Je suis pétrifiée une fois encore, mais cette fois, c'est d'extase, et je reste ainsi, frissonnante, hallucinée, quelques instants, le temps de voir la bonne femme sur l'écran rajuster ses nénés dans la dentelle, et, beaucoup plus bas, de planter mon regard encore éperdu dans les yeux du gars de devant qui a tourné la tête au bruit de ma course, et n'a rien manqué du spectacle... Eh bien, quoi ? Il a payé pour voir une fille de trois mètres de haut se faire foutre pendant une heure et demie, et c'est moi qu'il scrute dans le noir ? Je lui indique du doigt que c'est là-bas que ça se passe, et il se retourne, à regret. C'est égal, je crâne un peu, mais j'aimerais mieux sortir avant la fin de la séance, parce que je ne sais pas si j'aurai le courage d'affronter certains coups d'œil au grand jour...

Tu cèdes à ma prière, et nous voici debout, rhabillés, corrects, quoique encore un peu essoufflés. Quand j'arrive près du type, au bout de la rangée, il s'efface pour me laisser passer, incompréhensiblement plus courtois que tout à l'heure, d'autant plus incompréhensiblement qu'il m'envoie un « Salope ! » assez inattendu. Je suis déjà vers la porte, mais je fais volte-face pour lui répondre : « Je t'emmerde ! »

Ce dialogue laconique achève bizarrement de dissiper ma gêne, et c'est le sourire aux lèvres que je me retrouve dans la rue, à ton côté. La vie est belle, j'ai du soleil sous ma jupe et une grande envie de rire, de gambader, de chanter...

Il tombe une petite pluie toute douce, le trottoir brille, la lumière et le bruit me semblent neufs, et l'air de la ville si léger tout à coup ! Je crois que je t'aime pour la joie que tu viens de me donner, et pour tout le reste, mais il ne faut pas le dire. Il faut faire semblant d'ignorer, il faut feindre la bêtise et l'innocence, et surtout ne pas être tenté d'interpréter une banale envie de chanter dans la cité pluvieuse comme un symptôme du bonheur...

Tu m'as prise par le bras, et, devant une vitrine où je m'attarde, tu me chuchotes sur le mode badin qui t'est familier : « Je bande encore ! » La confidence m'amuse et m'émeut un peu. C'est vrai que j'ai peut-être été égoïste tout à l'heure ? Que puis-je faire pour toi, à présent que nous voici livrés au jour cru du boulevard, loin des ténèbres qui nous garantissaient, sinon l'invisibilité, du moins une certaine forme d'anonymat ?

Tu ne me laisses pas m'interroger longtemps, me poussant soudain au hasard d'une porte cochère derrière laquelle tu t'écrases contre moi. « Tu sens comme je bande ? », mais je m'enfuis en riant, avec des cris qui simulent l'effroi.

La poursuite est homérique ; de renfoncement en venelle, de cabine téléphonique en allée obscure, je t'échappe et tu me rattrapes, pour me maîtriser, m'étreindre, m'étourdir, me serrant contre toi, m'embrassant dans le cou, te promenant partout sur moi.

« Mais tu n'as pas remis ta culotte !... » La découverte te galvanise, tu fouilles sous ma jupe à pleines mains. Au secours ! C'est du viol ! Arrête ! Si quelqu'un passe !... Mais les gens pressés, indifférents, lâches, dépassent l'immeuble où je me débats et j'entends décroître le claquement menu de leurs talons.

Je finis par me prendre au jeu ! La lutte est serrée, tu ne m'auras pas ! Je m'évade de tes bras, je cours dans la rue et je me précipite, sans réfléchir, dans le premier magasin venu, où tu entres aussi, directement sur mes pas. Je respire très vite, partagée entre la panique et le fou rire. Une fille, occupée à passer des épingles à sa collègue qui refait l'étalage, à genoux dans la vitrine, salue notre entrée en coup de vent d'un vague signe de tête et d'un « Je vous laisse regarder » qui en dit long sur son ardeur à nous servir.

Ça nous arrange plutôt... Je me dirige vers un rayon de robes et tu m'y suis, l'œil allumé. Je tends une main molle pour examiner les modèles, tu me dépasses à peine, m'attrapes par la taille, m'obliges à contourner la penderie pour disparaître aux yeux de la vendeuse. A l'abri derrière ce paravent de frusques, tu te mets à jouer les exhibitionnistes, tout en te payant le luxe de commentaires d'autant plus savoureux que je suis seule à en saisir le véritable sens : « Regarde celle-là ! suggères-tu. Elle te plaît ? Tu crois qu'elle t'irait ? Hein ? » Et tu me montres une bite bien grosse, bien raide qui sort impudiquement de ton pantalon. « Tu aimes la couleur ? Et la forme ? »

Ton sens de l'humour parfois me déroute. Je roule des yeux, sans doute comiques, puisque tu souris, pour t'implorer d'être raisonnable, des yeux qui questionnent : « Et si elle vient ? et si une cliente entre ? », mais tu t'en fiches éperdument, et tu poursuis ton monologue avec une assurance à couper le souffle : « Elle est assez grande pour toi, non ? Tu veux l'essayer ? », et tu te branles devant moi, facétieux, absolument ravi de la plaisanterie.

La voix de la vendeuse qui nous parvient de l'autre bout du magasin me fait pouffer malgré moi : « Oui, vous pouvez l'enfiler, si vous voulez. La cabine est au fond à droite ! » Ah ! tu ne te le fais pas dire deux fois ! Tu m'entraînes par la main, tu me tires, tu me pousses, et tu refermes sur nous le rideau (plutôt léger) de cet isoloir exigu. Mais tu n'as pas la prétention, des fois, de ?... Mais si ! Tu as la prétention ! Avec toi, il faut vraiment s'attendre à tout !

Comme je vais protester, d'un geste impérieux tu m'imposes le silence, et tu articules, très bas, en me montrant l'objet du doigt : « Suce-moi ! » Quand je vous dis que ce type est fou ! Et moi, encore plus folle que lui, qui m'exécute sans discuter !

Je me suis assise presque instinctivement sur un petit tabouret destiné ordinairement à entasser des vêtements, et, debout devant moi, tu te cambres un peu, et te prépares sans l'ombre d'un souci aux délices d'une fellation quelque peu pittoresque. Je te prends dans ma bouche, docile mais inquiète, l'oreille aux aguets, le geste avare.

Tu trouves que je ne remue pas assez, te voici qui coulisses amplement en moi, tu vas trop loin, tu vas me faire vomir... J'ai laissé échapper un petit râle avant-coureur de nausée, que la fille a dû prendre pour une exclamation quelconque. Elle s'enquiert poliment, depuis la vitrine : « Ça va ? », et je t'entends lui répondre, d'une voix parfaitement ferme : « Oui, un peu court, peut-être... »

Là commence un dialogue des plus surréalistes, qui me fait regretter vraiment de ne pouvoir ni rire, ni m'indigner la bouche pleine. Elle : « Vous savez, cette année, la tendance est au court ! » Toi : « Personnellement, je préfère quand c'est plus long ! Plus long et plus ajusté ! » Elle : « Oui, il faut que ça moule ; cette saison, c'est le sexy qui revient. » Toi : « Oui, et ça, c'est trop court et pas assez sexy ! » Là, je te fusille du regard, mais tu t'amuses trop ; il y a dans tes yeux un pétillement de malice qui finit par m'attendrir. Je m'applique terriblement pour être le plus efficace possible dans le délai le plus court possible ; mais on dirait que tu te débrouilles exprès pour résister et faire durer la farce.

Au bout de quelques minutes, la vendeuse, intriguée peut-être par notre silence, revient à la charge : « Vous avez quel modèle ? — Quelque chose d'ample », réponds-tu sans la moindre trace de modestie. Elle : « Noir ? » Toi : « Non, chair ! » Elle, vaguement songeuse : « Je ne vois pas... » Toi, tout bas : « Ça vaut mieux ! »

Je commence à m'angoisser vraiment, si elle s'amène, nous sommes cuits ! Je renonce, je te lâche, j'ai trop peur... Mais tu ne l'entends pas de cette oreille. Ton grand corps devant le rideau me barre la route, tu m'interdis la fuite, et même tu m'obliges à me retourner, tu me plies malgré moi qui combats de toutes mes pauvres forces, tu me cherches et tu m'enfiles soudain, d'un coup de plantoir si vif que j'ai failli crier.

Tu expliques à haute voix, à l'adresse de l'employée : « On essaye autre chose, on peut ? — Mais je vous en prie ! », répond-elle, et, avec sa bénédiction, tu commences à me baratter comme un forcené. Mon Dieu ! Mais jusqu'où vas-tu réussir à m'entraîner, horrible bonhomme ? Je suis sûre que tu imprimes au rideau des mouvements de tempête !... Dépêche-toi ! Dépêche-toi donc de foutre et qu'on se sauve de là ! Ta ruée a quelque chose d'impétueux, de torride et, malgré mon inquiétude, je me surprends à repasser, sous mes paupières serrées, les images qui m'ont troublée tout à l'heure, au cinéma. J'oublie le magasin et la vendeuse, et même je t'oublie, espèce de sale voyou ! Je suis dans une cuisine, avec un honnête plombier ébaubi de sa bonne fortune, et je me fais fourbir par une délicieuse grosse queue de plombier, et je sens que bientôt il va m'expédier au paradis de la plomberie, canalisations éclatées, fuites en tous genres, tubes de tous calibres, débouchoirs et ventouses...

Astique-moi, plombier, fais-moi reluire, passe-moi l'écouvillon, ça vient, ça y est, ça y est, j'ai fait sauter la bonde !...

Je crois que cette fois nous avons vibré ensemble. Je me redresse, me défroisse, me détends, tout étonnée de ne pas te voir dans ce bleu de travail qui m'a fait monter la température... Tu te réajustes aussi, visiblement satisfait, respirant fort, souriant doux.

En passant devant la vendeuse pour sortir, tu n'as, bien sûr, pas pu te taire. « Non, décidément, non ; on n'est pas emballés ; on reviendra ! — A votre service, messieurs-dames ! Au revoir », répond-elle, en tendant une épingle à sa compagne.

Petite vendeuse paresseuse et impassible, c'est toi qui, sans le savoir, as eu le mot de la fin. Car la situation, bien sûr, n'avait pas manqué de piquant !...

Chapitre x

Bien sûr, tu avais fini par me le proposer, et, bien sûr, j'avais fini par accepter... En connaissant ton tempérament, résolument ouvert à toutes les sortes d'expériences, résolument curieux, résolument défonceur de barrières et de tabous, on pouvait même se demander comment tu n'avais pas eu l'idée plus tôt. Surtout que, privilégié d'abord par une imagination ardente, tu l'étais de surcroît par la chance qui m'avait mise sur ton chemin, moi si compréhensive et surtout si amoureuse, si prête à tout ; oui, vraiment, privilégié par une chance insolente qui savait également t'entourer de relations commodes, et créer aux moments souhaités les situations les plus propices à la réalisation de tes désirs...

Lorsque tu m'as raconté tes retrouvailles de la veille avec un ancien copain fort doué pour le commerce, et qui tenait à présent, de façon très lucrative, un « club de rencontres », j'ai frissonné à saisir l'éclat tout particulier de tes prunelles jaunes. Quelque chose en moi venait de deviner, quelque chose qui te connaissait bien et qui t'aimait trop. Tu n'as même pas eu la peine d'expliquer, de demander. Même pas l'embarras de choisir tes mots, même pas la gêne de préciser. Je t'ai fait cadeau, en même temps que de mon consentement, de cette intuition toute spéciale, de cette compréhension quasi magique que j'avais pour les choses qui te concernaient. Je n'ai dit ni « Quoi ! », ni « Comment ! », ni « Pourquoi ? ». Je ne me suis pas exclamée, par récriée, pas indignée. J'ai seulement demandé « Quand et où ? », avec l'espoir d'une seule récompense, celle de ton regard intelligent et surpris, vaguement admiratif tout de même, posé sur moi qui savais déjà, qui acceptais déjà, et qui t'offrais, avec ma docilité absolue, ma simplicité comme gage d'amour...

Tout était prévu, tu avais tout organisé avec la complicité goguenarde de ton copain maquereau. Tu m'as fait visiter l'appartement — coquet, comme il se doit — où je reviendrais quelques heures plus tard avec mon client. Tu m'as montré la petite pièce clandestine d'où tu assisterais, incognito, à notre tête-à-tête. Tu te voulais rassurant, solide : « Tu vois, je serai là, à la moindre alerte, je viens à ton secours ! », et, paradoxalement, ta gentillesse et ta prévenance m'ont sourdement inquiétée. C'était vrai, et si je tombais sur un fou, sur un détraqué ? Et qu'appelais-tu « la moindre alerte » ? Que considérerais-tu comme normal et comme alarmant, toi dont j'avais subi déjà les inventions diaboliques ?

A mon silence dubitatif tu as mesuré mon angoisse, et tu as ajouté : « D'ailleurs, tu ne risques absolument rien, ce n'est pas n'importe qui. C'est un grand ponte du milieu médical, un chef de clinique, quelque chose comme ça... », et tu t'es fait tendre, mais, pour la première fois peut-être, sans succès. Je me suis dérobée à ton baiser, avec une vague envie de pleurer, une rancune douloureusement inattendue. « Laisse-moi, tu m'enlèves mon rouge à lèvres ! " Il " m'a achetée toute maquillée, n'abîme pas la marchandise ! », et je suis partie, le talon léger et le cœur lourd.

Il m'attendait au restaurant convenu. Je ne sais pas à quoi il m'a reconnue, mais lorsque mon taxi s'est arrêté, il était déjà là, à m'ouvrir la portière. Un bon point pour lui. Il s'est présenté très courtoisement, m'a prise par le bras pour me conduire à notre table. Sans me regarder longtemps, il a su me faire comprendre que je ne le décevais pas. Il était grand, élégant, très à l'aise, même pas vieux, même pas chauve, même pas laid. Quelque chose de chaud dans la voix, de doux dans les gestes, de grave dans les yeux. Une cinquantaine très présentable, et même assez séduisante.

L'angoisse m'est revenue. Un type comme lui, avec sa situation, devait avoir pas mal de bonnes femmes à ses pieds. Pourquoi se payer une pute ? C'était inquiétant, bizarre... Ou alors une tare cachée ? Pis, une névrose, un truc pas possible, qu'il n'osait avouer à personne, si ce n'est à une professionnelle avertie qui pouvait tout entendre, tout comprendre, tout entreprendre. Mais JE n'étais pas une professionnelle avertie !

Je gambergeais à toute vitesse en sirotant mon apéritif, et j'ai failli puiser dans l'alcool le courage nécessaire pour crier « Stop ! On arrête tout ! Je ne suis pas à la hauteur ! » Mais il continuait à parler tranquillement, comme si nous nous connaissions très bien, et à fixer sur moi son regard brun, qui parlait aussi à sa façon, et semblait demander : « Quelque chose ne va pas ? Je ne vous plais pas ? » Je trouvais qu'il était bien gentil à ces yeux-là de poser ce genre de question, et j'ai arrosé ma gratitude soudaine d'une grande lampée de Kir royal. J'ai trouvé la force de sourire, et j'ai encore trinqué, à mon assurance retrouvée. Il a souri aussi. Nouvelle gorgée.

A toi, mon bonhomme, et à l'incongruité de cette situation !

Dans les films du dimanche soir (drame social et psychologique, pour adultes et adolescents), dans les pièces qui ont fait pleurer Margot, dans les romans à quatre sous (tout un monde d'évasion !), une héroïne éplorée, en proie à la diabolique tentation de la vérité, se tord les mains en avouant : « Mon beau et noble chéri, je ne suis pas digne de ton amour : je n'ai jamais travaillé à la manufacture de la ville voisine, mais je fais le trottoir depuis que j'ai quinze ans ! » Quant à moi, j'étais attablée en face d'un inconnu, auquel j'avais envie de révéler : « Vous allez être horriblement déçu, mais je ne suis pas une putain ! » L'absurdité a quelque chose de grisant. Le Kir royal aussi. Il ne me restait plus qu'à boire à mon ivresse, et j'ai bu.

Heureusement, l'alcool ne m'a pas fait perdre les pédales. Je n'aurais tout de même pas voulu, après ma réserve du début, me mettre à extravaguer sans transition. Ce gars-là était prêt à payer une somme importante (ma vanité buvait un petit-lait qui me tourneboulait soudain autant que le champagne) pour passer une soirée avec une fille « intéressante », et j'avais à cœur de mériter l'adjectif. Il avait peut-être été tenté de me trouver gourde, pas question qu'il me prît à présent pour une hystérique ! Pas encore à pied d'œuvre, et déjà de la conscience professionnelle ! Bref, je me suis débrouillée pour être « intéressante », et même charmante, et même brillante.

La conversation a roulé sur pas mal de sujets, et je me suis surprise à y prendre plaisir. Cependant mon interlocuteur demeurait, de façon tout de même assez intrigante, d'une correction à toute épreuve. Pas le moindre geste équivoque, pas le moindre mot, pas le moindre coup d'œil qui eussent pu faire penser à ce qui allait suivre. Prévenance et grand style, sans raideur cependant (et je jure que le mot ne me faisait pas sourire), avec, pour seuls compliments, son regard un peu plus appuyé parfois, approbateur, et sa façon de dire « Bien sûr ! », très convaincue, lorsque je venais d'énoncer une idée qui lui plaisait. « Bien sûr ! », comme s'il y avait déjà pensé, et comme si cela le séduisait que je pense la même chose, et que je le dise, à ma manière...

Pendant le trajet du retour, dans sa voiture, il me parla de son métier. Il était obstétricien. Je ne sais pas pourquoi, la révélation me troubla. Je regardai ses mains à la dérobée, ses mains qui avaient fouillé tant de ventres de femmes, ses mains qui avaient soulagé, délivré, torturé aussi.

« On m'a dit que vous aviez des enfants ? » Il s'était tourné vers moi pour poser la question, et comme je répondais par l'affirmative, il enchaîna : « Vos accouchements se sont bien passés ? » La discussion prenait des allures de questionnaire médical. Sans montrer ma surprise (j'étais en train de m'exhorter mentalement au courage : « Ma petite, il faut t'attendre à tout ! »), je hochai la tête : « Oui, à peu près... — Naturellement... » Son mot me fit tiquer. Comment ça, « naturellement » ? Etait-il si naturel, si évident, si certain que les accouchements se passent bien ? Son optimisme me décevait un peu, et mon enthousiasme féministe se lança dans une longue tirade indignée : tout obstétricien qu'il était, il n'avait donc qu'un point de vue d'homme, un de ces points de vue résolument de mauvaise foi, résolument aveugles, pour nier la souffrance des femmes et leurs traumatismes !

Il m'écouta jusqu'au bout, sourit, et corrigea doucement : « Non, je voulais dire “ naturellement ” : par les voies naturelles. Ce n'était qu'une question ; je vous demandais si vous aviez accouché par ce que l'on appelle encore les “ voies basses ”... — Ah ! oui, par les voies naturelles !... » Je commençais à m’interroger vraiment. Il n’allait quand même pas me faire passer une visite !

« Voyez-vous, reprit-il, votre avis rejoint tout à fait le mien. Il est absolument indéniable que les femmes souffrent. Et l’obstétricien ne doit pas être seulement un mécanicien. Il doit aussi s’interroger sur cette souffrance, savoir l’étudier, la quantifier pour mieux la combattre. Les appareils que nous possédons, le monitoring, par exemple, ne donnent qu’une piètre idée de la douleur. Rien jusqu’à présent n’est capable d’analyser l’angoisse qui naît de la situation toute spéciale que représente un accouchement. Depuis des années, je m’intéresse philosophiquement à ce phénomène particulier qui veut que la parturiente, au moment de donner la vie, croie parfois frôler la mort. J’essaie de définir, de différentes façons, les composantes exactes de ce stress. Malheureusement, je ne suis pas moi-même une femme, comme vous me le faisiez observer tout à l’heure ; je ne dois pas compter vivre personnellement et complètement l’expérience. Ce qui ne m’empêche pas de me... disons de “ me mettre en situation ”, de temps à autre. C’est pourquoi j’ai fait appel à vous. J’ai besoin de l’aide de quelqu’un d’absolument ouvert, d’absolument rompu à toutes sortes de... de fantaisies ! » Il ponctue son laïus d’un coup d’œil en coin qui me trouve impassible. Belle victoire sur moi-même, car, on me comprendra, je sens l’appréhension m’étreindre méchamment.

Je le guide à présent à travers les ruelles d’un quartier calme. Il se range au pied de l’immeuble où tu m’attends, quelque part dans l’ombre. Je lève machinalement les yeux vers la terrasse de l’appartement. Bien sûr, tout est éteint. Et si tu n’étais pas là ? Et si ce type, malgré son allure très pacifique, n’était qu’un dingue ?...

J'en suis encore à échafauder des suppositions toutes plus rassurantes les unes que les autres lorque mon toubib extirpe de la malle arrière une valise. Une valise !... Et pas le style mallette à goûter, je te prie de me croire ! Une valise !... J'espère qu'il n'y a pas maldonne, qu'il ne vient pas passer ses vacances ici ! On m'a retenue pour une nuit, une nuit seulement... Ce n'est quand même pas son pyjama qu'il trimbale dans ce véritable coffre !

Il surprend mon regard et y répond, assez laconiquement : « Seulement quelques accessoires... », puis il me saisit le coude et nous nous engouffrons dans l'allée. J'ai la gorge serrée et j'essaie de conjurer l'anxiété par de pauvres formules que je me murmure sans conviction. A moi l'aventure ! Ça risque d'être cocasse !

Dans l'ascenseur, j'entends battre mon cœur. Est-ce qu'il l'entend aussi ? Je n'ose même plus lever les yeux sur lui... Voilà la porte. Le temps de me casser un ongle sur la serrure et nous sommes dans la place.

Je m'occupe très vite de tout un tas de choses inutiles, quelques lampes à allumer, une fleur à redresser, un coussin de fauteuil à retourner. Je m'interdis de penser, j'inspire à fond pour calmer mon palpitant qui sarabande dans ma poitrine. Encore un peu, docteur, et je vais pratiquer la respiration de l'accouchement sans douleur, on sera dans le vif du sujet...

Bon, je ne peux plus reculer... Reculer pour mieux sauter... Est-ce que ce type va me sauter ? Si seulement il me sautait, bien banalement, bien vulgairement, mon Dieu, faites qu'il me saute !

La loufoquerie de cette prière, dictée par ma panique seule, me requinque un peu. L'humour reprend ses droits, je crois bien que j'ai envie de rire, mais ce doit être nerveux. Je propose : « Voulez-vous boire quelque chose ? — D'abord, je vous explique », répond-il, apparemment très calme, très maître de lui, ce qui ne me rassure guère (on a vu des cas de démence froide). « Nous allons procéder à une mise en scène, vous et moi. Nous allons recréer les conditions d'un accouchement. Vous serez la sage-femme, ou l'accoucheur, peu importe, enfin, l'équipe médicale. Je vous demande seulement d'être crédible, je crois que je peux vous faire confiance...

Je n'ai même plus de mots pour commenter, en mon for intérieur, mon ahurissement. Je consacre toute ma volonté à paraître de marbre, et à vider mon regard de toute expression. S'il me scrute de trop près, il verra passer des points d'interrogation gros comme des maisons au fond de mes prunelles...

Mais il ne me scrute pas, il s'occupe présentement d'ouvrir sa valise. Il en sort tout un appareillage d'allure orthopédique, que mon manque de sens technique ne me permet pas d'identifier tout d'abord. Et puis, à le voir se diriger avec ses tubes métalliques, ses pinces et ses lanières vers la grande table de verre fumé qui occupe un coin du salon, la mémoire me revient : des étriers ! Ce sont des étriers qu'il se met à monter tranquillement de part et d'autre du plateau de verre, le transformant ainsi en table gynécologique !...

J'espère de tout mon cœur que, de ton encoignure secrète, tu vois tout et tu entends tout. J'en rigolerais si je n'étais pas sidérée ! Tu arranges un coup pour voir ta bonne femme se faire bourrer, pour lorgner toutes les salaceries que pourrait lui faire un client plein aux as et qui ne lésine pas sur la qualité des prestations fournies, et te voilà dans les coulisses d'une maternité ! C'est trop drôle ! C'est bien fait pour toi ! Tu m'imaginais déjà en guêpière, ou en slip de cuir, avec des lanières partout, ou bien, pourquoi pas ? verrouillée d'une terrible ceinture de chasteté, écartelée par des chaînes, masquée, gantée, caoutchoutée... Eh bien, regarde de quoi j'ai l'air : je viens d'enfiler la blouse blanche qu'il m'a tendue, et il n'a même pas exigé que je me déshabille en dessous ! C'est moi qui, tout naturellement et pour être plus à l'aise, ai quitté ma robe, mais je crois qu'il ne s'en est pas aperçu ! Il y a de quoi se vexer, non ?

Maintenant, il me fait les honneurs de sa valise. « Vous avez tout ce qu'il vous faut là-dedans. » Je me penche sur le contenu du bagage et, effectivement, j'inventorie d'un œil rapide des compresses, divers flacons de désinfectant, des gants stériles jetables, un stéthoscope, bref, toute une panoplie appropriée. J'ai l'impression de redevenir gamine, et de m'apprêter à jouer « au docteur », à ceci près que paradoxalement, ces jeux d'enfance avaient toujours quelque chose d'un peu louche, et finissaient par dégénérer en invariable « touche-pipi », alors qu'aujourd'hui, je fais la pute avec un monsieur qui, pour l'instant, n'a absolument rien de lubrique ! Bizarrerie de l'existence !...

Il y a encore dans la valise une sorte de chemise d'hôpital, sans bouton, qu'il déplie et pose sur le dossier d'un fauteuil, une toile cirée blanche et une cuvette. J'hésite un peu, et puis me lance dans l'initiative avec ce qu'il est convenu d'appeler l'énergie du désespoir. En avant ! Ce qu'il faut faire, je dois savoir l'inventer ; je pense que cet homme attend de moi un peu d'imagination, une certaine faculté d'adaptation, et un talent de comédienne convaincue par son rôle.

Sous son regard approbateur, je finis d'installer la table : la toile cirée étalée sur la moitié du plateau, et qui vient tomber dans la cuvette posée à terre. J'approche du champ opératoire un guéridon que je débarrasse de ses bibelots, j'y arrange les bouteilles et les boîtes contenues dans la valise ; je découvre, sous un énorme paquet d'ouate, une paire de sandales Scholl, ces claquettes de bois qu'affectionnent les sages-femmes. Qu'à cela ne tienne ! Adios, les talons aiguilles, je me coule jusqu'au bout du pied dans la peau du personnage... Des ciseaux dans la poche de poitrine, et j'ai mis la touche finale à mon costume de scène. Je me tourne vers lui, visiblement disponible : voilà, je suis à vous, quand vous voulez...

La suite des opérations relève encore du mystère le plus complet, mais à m'affairer j'ai oublié mon trac. Mon client, toujours très à l'aise, s'est assis sur le canapé. « Vous me proposiez quelque chose à boire ? dit-il en souriant. Je vous demanderai un bon café, très chaud et très fort, pour déclencher le processus... » Et il ajoute, sur le ton de la confidence : « Je me réserve depuis que je sais que je dois vous rencontrer ! »

Il y a dans ma tête les bruits métalliques d'une machine à sous qui cliquette à la recherche du jack-pot. Je ne veux pas comprendre, la machine à sous tourne, tourne, à toute vitesse, elle sonne, elle chante, elle carillonne...

Le rendez-vous a été pris il y a trois jours. Qu'a-t-il voulu dire par « je me réserve » ? J'ai un coup d'œil vers la porte de ton observatoire, un coup d'œil interrogatif. Comment tu entends ça, toi ? Mais la porte reste imperturbable, elle ne sait visiblement rien de plus que moi. Un café chaud !

Je me dirige vers la cuisine pour y subir toute seule les affres d'une lumière sordide qui se fait peu à peu en moi... Bingo ! Hélas, bingo ! Je saisis, à regret, le projet de mon zinzin d'à côté. Philosophie, ben voyons ! Jamais marc de café ne m'a paru plus sombre. Telle une Madame Irma désolée et tragique, je m'y penche et y découvre mon destin, d'un œil noyé. Sais-tu bien, sale maquereau collé à ton judas infâme, que ce type-là a demandé une pute intellectuelle, une fille « intéressante » pour lui chier dans les doigts ? Réalises-tu que je me suis habillée, coiffée, maquillée, pomponnée pour écouter les divagations d'un énergumène plus malade que médecin, qui se retient de déféquer depuis soixante-douze heures, et pour récolter entre mes mains le fruit de son sacrifice ?... Pour un coup d'essai, c'est parfaitement réussi. Tu crois vraiment que ça va te faire triquer, dans ta cachette, d'assister à cette comédie sinistre ? Ah ! J'aurais mieux fait d'aller tapiner au coin d'une rue pourrie ! J'aurais poireauté comme une honnête grue, un pied contre le mur, j'aurais levé un gars très banal, un ouvrier de chantier par exemple, un Arabe, tiens ! Il m'aurait suivie dans l'escalier dégueulasse, dans la chambre sinistre, se serait lavé la queue dans un bidet jaunâtre, et je lui aurais taillé une bonne pipe des familles, pendant que, planqué derrière le rideau fleuri de la penderie, tu aurais zieuté en t'astiquant le manche. C'était pas mieux comme ça ?

Pute de luxe ! Parle-moi d'un plaisir et d'une invention ! Moi qui m'imaginais qu'il suffirait de citer Baudelaire en écartant les jambes, quelle naïveté !

Je rassemble les tasses, le sucre, le café, ma vaillance et mon dégoût, et, puisant celle-là dans celui-ci, je réapparais dans le salon.

Ma parturiente s'est déshabillée, elle a enfilé la chemise d'opéré, elle n'a que la bite qui dépasse... Attache-toi, l'espion, dans ton cagibi de voyeur, ça va basculer dans l'incohérent !...

« Si vous voulez bien vous installer... » Et je lui montre du doigt la table. Il obéit sans façon, apparemment ravi de mon autorité. « Non, pas encore les étriers, on n'en est pas là ! Buvez d'abord. » Je lui tends une tasse fumante, et j'entasse derrière lui, pour soutenir son dos, tous les coussins de la pièce. « Buvez très vite et très chaud. » Et pendant qu'il s'exécute, je disparais dans la salle de bains. Ah ! mon bonhomme, tu n'es pas au bout de tes peines !... Tu relèves sans doute d'une catégorie ano-maso-machin-truc, je vais te plaire, tu vas voir !

Je trouve sans peine ce que je suis venue chercher : une poire à injection, vaginale, je pense, puisque c'est une femme qui occupe habituellement les lieux, mais qu'importe ? Mon client ne nourrit-il pas précisément l'ambition de changer de sexe, le temps d'un fantasme ? Et puis je trouve encore un mignon rasoir doré et un blaireau de soie, qui doivent en connaître long sur l'intimité de leur propriétaire. Mignon rasoir, adorable blaireau, je vais assurément vous dépayser... Voici encore un savon et une petite cuvette, j'ai tout mon matériel, c'est parfait.

Dans la salle d'accouchement, j'installe la future mère. Pieds aux étriers, position gynécologique. Evidemment, ça fait drôle la première minute, mais on s'habitue. « Ne bougez pas, je vais vous raser ! » Ah ! Il ne s'y attendait pas ! Les précédentes drôlesses à qui il a dû faire le coup n'ont sans doute pas fignolé à ce point-là. Je le sens un peu réticent. Il est facile d'imaginer qu'il est peut-être marié, et que demain ce sera dur d'expliquer à sa femme pourquoi il a Popaul et ses frangines complètement chauves.

Il n'a pas eu le temps de réfléchir que je savonne déjà d'un blaireau autoritaire son pubis et ses couilles. Chère madame, vous avez là de drôles de lèvres et un drôle de clito, soit dit en passant. Et je passe, d'ailleurs je passe et je repasse, et ce clito me prend soudain une envergure que je n'attendais plus. Ah ! Il bande quand même de temps en temps ! Ça rassure ! Et une bite bien dure, c'est plus facile à manœuvrer qu'une espèce de coquillette trop cuite qui s'écrase entre vos doigts.

Le rasoir émet un désagréable bruit de raclement, malgré le savonnage. Regarde bien, mon chéri, depuis ta planque ; vois comme je m'adapte aux situations nouvelles ! Il y a une heure, pute en décolleté, maintenant, peleuse de couilles !

Voilà, c'est fini, la place est nette. J'ai même insinué la lame entre les fesses, jusqu'au trou du cul, crispé d'appréhension. Il faut que le petit arrive dans un monde clair et propre.

Alors, où en est ma patiente ? Les douleurs de la gésine ont-elles commencé ? Et je tâte, d'une main sans complaisance, un abdomen visiblement gonflé. Le côté gauche, surtout, semble sensible. Le côlon se dessine sous les doigts, sans doute surpeuplé. Ça promet. L'enfant risque d'être costaud !

Mon bonhomme, pendant l'examen, a des grimaces éloquentes. Des coliques ? Très bien. Très, très bien. « Détendez-vous, je vais vous faire un toucher », et j'enfile à la main droite un gant de mince caoutchouc ; un petit plongeon dans le pot de vaseline, humanité oblige, on n'est pas des bêtes ! et j'insinue dans le trou du cul de mon olibrius deux doigts inquisiteurs, tandis qu'avec la main gauche bien à plat sur le ventre, j'exerce une pression longue et consciencieuse. Mets-toi bien en situation, mon vieux ! Profites-en ! Tu vas payer pour tous les mecs, tous. Tous ceux qui nous baisent, qui nous engrossent, qui nous éclatent, ceux qui nous payent et ceux qui nous violent, ceux qui nous souillent et ceux qui nous séduisent. Tu vas payer pour le gigolo qui a monté le coup, pour l'infect salopard que j'aime, tapi là, dans son cagibi, tu vas payer pour tous les gynécos brutaux qui nous percent, qui nous avortent, qui nous stérilisent, qui nous coupent et qui nous cousent, et qui nous interdisent de gueuler par-dessus le marché...

A force de voir des femmes écartelées dans le sang, tu as perdu la boule ; tu as fini par t'imaginer que ces malheureuses prenaient leur pied à se faire éclater le fion sous tes yeux, tu as fini par croire qu'elles criaient de plaisir, et tu es jaloux, hein ? On va réparer ça, tu as bien fait de m'appeler, tu sais !

Je lui fouille le cul très profondément, sans douceur. Effectivement, l'enfant se présente bien. Mais il n'est pas encore temps. « Pas avant deux heures ! » L'avertissement est catégorique, sans appel. Je vois ma patiente rouler des yeux étonnés, un peu effrayés, même. « Respirez ! Il faut respirer, faites comme moi ! » Et je lui donne la cadence, le halètement du petit chien, géniale trouvaille des toubibs pour faire croire à l'infortunée pondeuse qu'elle s'occupe utilement pendant qu'elle a la boyasse à l'agonie.

O délice de la revanche ! L'accoucheur fou se met à haleter au rythme de ses contractions intestinales. Il a les cuisse ouvertes, le cul glabre et la bite démente. Avec le stéthoscope, je parachève le simulacre : drôles de battements de cœur, drôle de fœtus ! On entend un gargouillis significatif. Ce type-là est plein de merde... « Ne vous inquiétez pas, tout va bien, mais il faut de la patience... »

Toutes les dix minutes, il a droit à une nouvelle farfouille. Les yeux rivés sur ma montre, je tiens un tempo impitoyable. Une heure vingt. Un gant, vaseline. « Détendez-vous, respirez ! », et je vais solliciter d'un index et d'un majeur facétieux le crâne du nourrisson qui ne demanderait pas mieux qu'à s'engager dans la voie royale que je lui ouvre. « Non, non, ne poussez pas, vous risquez une déchirure du col. Ce n'est pas le moment, retenez ! »

Une heure trente. Un gant, vaseline. Les grimaces deviennent monstrueuses. « Respirez, soufflez, soufflez ! Ça fait remonter le diaphragme, vous vous sentirez soulagé ! » Une heure quarante. Un gant, vaseline. Je crois qu'il n'a jamais été aussi bien suivi... Il se tord avec beaucoup de conviction. Je pense qu'il a tout de même moins de mérite que moi à jouer la comédie, sa souffrance étant plus sincère que mon intérêt.

Une heure cinquante. Un gant, vaseline. « Ne poussez pas, vous dis-je ! » Ma parole, il faut que je l'engueule !... S'il continue sa sarabande, je lui ferai retrouver sons sang-froid avec une beigne dans le museau. C'est très bon, comme méthode, et très souvent employé dans les maternités, il paraît que ça calme...

Deux heures. « Le passage me semble un peu étroit, je vais commencer à vous dilater. » Là, mon vieux, ça te la coupe, hein ? Ah ! Tu voulais jouer à la maman ? Attends, tu vas être gâté !

Cette poire n'est pas très grosse, mais en la remplissant plusieurs fois, on doit atteindre une contenance convenable. « Ne perdez pas le rythme, respirez. Je vous quitte une seconde, je veux vous entendre de la pièce à côté », et je me retrouve dans la cuisine, à la recherche d'un broc que je remplis d'eau tiède, pendant que du salon me parviennent les halètements de mon énergumène, entrecoupés de gémissements. C'en est presque attendrissant...

Lorsque je reviens avec mon récipient, je sens que je surprends le public... Ou, du moins, mon partenaire (le public, lui, comme au théâtre, est dans l'ombre, on ne le voit pas, on espère seulement lui plaire), mon partenaire qui croyait connaître son rôle sur le bout du doigt, et que mes improvisations finissent par dérouter complètement...

Etude philosophique du stress de l'accouchée, hein ? Prends toujours ça, tu m'en diras des nouvelles ! Et j'envoie la première giclette avec un enthousiasme ravageur. La tiédeur de l'eau, son volume et surtout sa pression torturent mon dingo. Il va comprendre les affres de la rétention. « Ne poussez toujours pas ; ce n'est pas le moment. »

Deuxième giclette. Ah ! mon salaud, tu t'amuses à te constiper en jouissant à l'avance de ma tête et de mon humiliation ! Savoure ta chance, tu ne tomberas pas toujours sur des raffinées comme moi ! C'est dur, hein, de retenir quand on a les jambes en l'air ? Serre bien ton cul, mon joli, tu n'as encore rien vu !

Troisième giclette. Son ventre a enflé. Mais c'est qu'il serait enceinte pour de bon, en a-t-il de la chance !

Quatrième giclette. Ça devient très critique, il se met à délirer, à supplier, à crier... « Bon, alors on va pousser, mais doucement, tout doucement, toujours en contrôlant. Allez-y, poussez, doucement, vous n'êtes pas à complète dilatation, contrôlez-bien ! »

Oh ! Pauvre de moi ! Ça va être dur d'arrêter cette berezina ! La parturiente fait les eaux avec une impétuosité que je ne sais plus endiguer. Un niagara douteux m'asperge au passage. Ma blouse n'a plus la blancheur Persil, mais ce sont mes pieds qui s'amusent le plus. Les rigoles suivent la toile cirée et viennent se jeter dans la cuvette avec un bruit de chiotte des plus évocateurs et des éclaboussures peu ragoûtantes.

« J'ai dit : doucement ! », et j'empoigne un gros tampon d'ouate dont je lui colmate la brèche avant l'expulsion fatidique. Un accouchement, ce n'est pas ça ! Ça dure longtemps, ça fait très mal, ça fatigue... Si tu veux croire toucher la mort, vieux bonhomme, il faut respecter les règles du jeu !

« Respirez, respirez de plus en plus vite, soufflez, soufflez encore !... », et comme il fait mine de reprendre son calme, je relâche doucement la pression de mon barrage de coton. Mon chiasseux a récupéré l'usage de ses sphincters, mais je ne sais pas s'il va se dominer encore longtemps. Je débarbouille l'endroit à coups de désinfectant, histoire de lui taquiner la pastille qui, la pauvrette, en voit de drôles. Sûr qu'il va ramasser une crampe à l'oignon à force de le contracter !

Le besoin de se soulager le pâlit terriblement, et ses yeux sont cernés tout à coup. Il ne faut pas que je le malmène trop. Et s'il était cardiaque ? Et s'il claquait là, les pattes en l'air ? Bonjour, les complications ! Tu parles d'une suite de couches !

Mais je ne parviens pas à m'effrayer tout à fait, ni à prendre pitié. Le jeu s'est mis à me plaire. Il faut qu'il s'en souvienne, de son enfantement, il faut qu'il en bave bien (et j'allais employer un autre mot, ô hasard cocasse du vocabulaire !).

Je m'amuse à lui titiller la membrane du bout du doigt : « Vous avez le périnée dur ; poussez tout doucement, sinon, il va craquer ! » J'évolue béatement dans la peau du personnage, dans la peau de vache de la sage-femme salope qui semble se réjouir quand l'accouchée a bien du tourment. Reconnaissons que c'est grisant de régner sur la douleur et le soulagement de son prochain !... Mon prochain à moi est très proche, à quelques centimètres. Je le contemple dans son impudique attitude, offert au regard jusqu'au moindre repli de peau, jusqu'au moindre poil, s'il en avait encore. Et tu sais qu'il bande toujours ? Même ses couilles bandent. Elles sont ramassées en deux petites pelotes très dures, très rondes, tremblantes.

Si je le violais ? Si je l'enfourchais pendant qu'il se tortille sous les efforts de la parturition ? C'est ça qui serait marrant ! Le baiser pendant qu'il chie, pendant qu'il éclate enfin sous le poids de mon corps assis sur son ventre... Je ressens une curieuse excitation que je dois sans doute plus aux pouvoirs qu'il m'a délégués qu'à la vision de sa queue congestionnée. Mais c'est lui, le client, pas moi. C'est lui qui a choisi, c'est lui qui paye, et moi, je dois me borner au rôle qu'il a bien voulu m'attribuer. Bornons-nous ! Bornons-nous !

Nouveau gant, nouveau toucher. La délivrance est proche : mon patient a des sueurs froides, les dents serrées et la peau des fesses ridée de grands frissons spasmodiques. Allons, ma petite dame, du courage, on y est bientôt ! « Relâchez-vous, lentement... » Oh ! Oui, du courage, il en faut, et pas seulement à mon accouchée, qui à force de serrer le cul depuis trois jours et une longue, une interminable nuit, s'est meurtri les muscles constricteurs tellement fort que leur détente tient plus de la déchirure que du soulagement...

Il m'en faut à moi aussi, pour affronter ce moment absurde, cauchemardesque, où je vois son trou se dilater, lentement, ainsi que je l'ai ordonné, gonfler, s'ouvrir enfin pour livrer passage à un rejeton immonde et fascinant... Le vertige me prend...

Philosophie, certes, pourquoi pas ? Regarde-moi, mon amant, mon amour. Regarde comme je te prouve aujourd'hui ma tendresse, mon attachement, ma fidélité ! Contemple-moi, admire mes gestes et ma gravité, le sérieux avec lequel je récite mon texte ubuesque ; vois-moi descendre dans cet enfer spirituel, vanité de l'existence, folie des hommes, vois-moi renverser les grandes idées, les piétiner, les conchier. Le miracle de la naissance, le prodige de la vie, conneries sans nom ! Juge d'un seul coup d'œil l'aberration de la scène, et tires-en la morale qui s'impose : dans les plaintes d'une créature hybride, mâle et femelle, bête et génie, dans les gargouillis ignobles de sa libération, dans une odeur de vie et de mort, de litière chaude et de curée, je suis en train, avec des incantations et des rites appris dieu sait où, de faire naître une merde !...

Mon client avait de la suite dans les idées. Il a filé la métaphore jusqu'à la fin, jusqu'à la délivrance : un long jet de foutre qui a constellé sa chemise de taches opalescentes... J'ai hésité un instant à lui remettre le nouveau-né, et puis j'ai décidé que, vraiment, mes compétences ne sauraient s'étendre jusqu'à la puériculture. D'ailleurs, cette mère indigne n'a demandé aucune nouvelle de l'enfant, désireuse seulement de se faire détacher les chevilles.

Je l'ai laissée se remettre de ses émotions pour opérer un rapide ménage. Au chiotte, le gosse. Un coup de chasse et adieu, le cauchemar ! Je roule ma blouse en une boule serrée, elle n'est pas belle à voir : je m'attarde sous la douche et je ne reviens au salon que pour retrouver mon docteur correctement rajusté, rangeant ses « accessoires » dans sa valise. Il pose une enveloppe en évidence sur la commode, se tourne vers moi : « Vous avez été parfaite ! », me gratifie d'un shake-hand tout à fait cordial et s'éclipse, sa maternité ambulante à la main.

Je m'aperçois trop tard qu'il a oublié la blouse...

Mon étrange compagnon de sabbat disparu, la pièce retombe dans un silence épais. Je pourrais croire que j'ai rêvé tout à fait cette nuit hallucinante, s'il n'avait laissé de lui ce vêtement symboliquement souillé, et cette pochette bleue, sur la commode, s'il n'avait signé son passage d'un peu de merde sur du coton blanc, et de beaucoup de fric dans une enveloppe, ô ironie, de papier de soie...

Mon Dieu ! Tant de fric pour si peu, si peu de merde !

Lorsque tu émerges de ton placard truqué, je suis en train de recompter les billets. Le numéro auquel tu viens d'assister t'a sûrement beaucoup plus touché que tu ne l'avoueras. Tu te montres odieux pour masquer ta gêne, et tu t'empares de l'argent d'un geste rapide de voyou endurci. « Donne ! C'est à moi ! Tu te contenteras de ta petite commission ! »

Je trouve le terme tout particulièrement bien choisi : en fait de commission, merci ! on vient déjà de m'en balancer une grosse ! Le jeu que tu essaies de jouer jusqu'au bout me lasse un peu. Y en a marre de l'obéissance, je vais faire dans la pute révoltée. Et je te jette la blouse à la figure : « Prends ça, ça te revient aussi. »

Tu hésites sous l'affront, interloqué quelques secondes. Iras-tu jusqu'à la colère, jusqu'à la brutalité, jusqu'à la pluie de coups vengeresse ? Je te défie d'un regard insolent, d'un sourire moqueur. En fait, je vais finir par céder à l'attendrissement, car il est visible que tu ne sais trop quoi faire, ni quoi dire.

Pauvre, pauvre chéri ! Est-il normal que j'aie envie de te consoler de tout ce que je viens de vivre ? Est-il normal que j'affecte de détendre l'atmosphère par un éclat de rire, un peu forcé, mais que tu accepteras comme un traité de paix ? Est-il normal que je t'aime tant, tout simplement ? Rassure-toi, cher chéri, ce n'est pas encore aujourd'hui que je céderai à la tentation de la grande scène du deux, celle des aveux trempés de larmes, et si je pleure convulsivement dans tes bras, alors que l'aube se lève sur cette maison étrangère, je te laisserai croire tranquillement à un fou rire inextinguible de bonne femme surmenée par une nuit trop peu banale...

Chapitre XI

Non, çà, la putain, je ne voulais plus la faire ! Ni la poule de luxe, ni la fille des rues, tu ne m'aurais plus ! D'ailleurs toi-même, tu avais été déçu par l'expérience, les fantasmes obstétricaux du gynéco cinglé ne t'ayant pas franchement donné la fièvre. « Dommage ! disais-tu, dommage ! », et sous ton apparente résignation, je sentais bien sûr la tentative d'une nouvelle proposition. Je fuyais ton regard diabolique, la moue exquise de ton évident dépit. Commediante, tragediante !... « Dommage, nous ne sommes pas allés au bout de l'expérience... Même pour toi, dommage ! » Hypocrite, qui faisais semblant de prendre en compte mes intérêts !

J'eus le tort de sourire et tu sautas sur ce début d'abdication. « Tu n'as qu'à choisir quelqu'un de sain, de sûr, de sans histoire...

— C'est ça, t'interrompis-je, et tu le reconnais comment, ton bonhomme sain et sans histoire ? C'est marqué sur son front, peut-être : " Pur de toute déviation sexuelle, testé, vacciné "...

— Non, mais il me semble que si tu cherches dans une tranche d'âge beaucoup plus jeune...

— Ah ! D'accord ! Je vois !... Après le pédiatre, le nourrisson ! En effet, si je le prends dans les langes, j'ai une chance de le trouver encore innocent...

— Tu dépoétises tout ! » La formule t'était familière, et tu l'employais à tout propos, et souvent mal à propos, car je ne voyais pas ce qu'il y avait de poétique à aller racoler un gamin à la sortie de l'école... Comme je te le faisais remarquer, tu devins perfide : « Ça ne t'a jamais tentée, un petit jeune homme ? Ce n'est pas ce que tu m'as raconté quelquefois !... »

Oh ! L'infâme ! J'ai horreur que l'on se serve contre moi de confidence échappées en des moments d'intimité !... Cependant, il fallait reconnaître que tu avais raison ; évidemment, un petit jeune homme !... « Mais alors, je ne voudrais pas que tu sois là, ça me gênerait ! » L'objection déguisait bien sûr le consentement et, bien sûr, c'est comme ça que tu la compris.

« Non, je ne serai pas là. Seulement un tout petit peu. Un tout petit peu...

— Comment ça ? »

Et tu me tendis un magnétophone...

Je me retrouvai donc, en cette fin d'après-midi, dans un bar bruyant d'un quartier suburbain de Lyon, non loin d'un lycée. Quand je vous parlais de la sortie des écoles ! La moyenne d'âge des clients ne devait pas excéder dix-sept ans...

Je m'étais préparée avec beaucoup de soin. Inutile de penser rivaliser, sur leur propre terrain, avec les minettes qui accompagnaient tous ces petits loulous... J'avais délibérément banni le pantalon, le blouson, les baskets, tout ce qui pouvait relever d'un cachet trop sportif ou trop décontracté. Il eût été maladroit de renoncer aux privilèges et aux atouts de mon âge, pour essayer de séduire en blue-jean un adolescent dont la petite amie le portait sûrement mieux que moi.

Pas de décolleté non plus, de pull trop audacieux, de jupe moulante. Il est une époque où l'homme, jeune encore, crache sur la putain, du moins lorsqu'elle est ostensible. J'avais donc opté pour un style « bon chic, bon genre », sophistiqué tout de même, une élégance tape-à-l'œil, propre à impressionner et à dépayser un gamin de banlieue...

Il serait, selon son tempérament, flatté de sa «conquête », ou désireux peut-être de saccager, d'humilier cette apparence de bourgeoise perverse qui révolte souvent les petits traîne-godasses des cités de la zup. L'important, c'était qu'il me suive, on aviserait après à le ranger dans la catégorie des « fatalistes-éblouis-de-leur-veine », ou des « insurgés-d'une-société-pourrie ».

J'avais demandé un thé — très chic, le thé, très incongru dans cette boîte essentiellement distributrice de Coca-Cola. Je le laissais stratégiquement refroidir, parce qu'il faisait chaud, que je n'en avais pas envie, et qu'il me fallait un alibi pour m'éterniser sur cette banquette qui me collait aux fesses, mais d'où je pouvais surveiller toutes les allées et venues du café.

J'en ai vu, des cartables, des sacoches, des musettes, des besaces : gribouillés, hachurés, mâchurés, où l'on pouvait voir répertoriés tous les rois des derniers hit-parades, et les slogans d'une jeunesse avide de bonheur !... Peace and love !...

Coincée entre les hurlements du juke-box et les glapissements des flippers, je m'appliquais à garder mon calme et mon jugement, détaillant chaque nouvel arrivant d'un regard discret mais critique. Trop vieux, trop petit, trop sale... Ah ! Celui-là !... Dommage, il est accompagné ; sa copine ne le lâchera pas.

Johnny bramait à côté de moi « Abandonné-é-é » et j'étais tentée de prendre cette tragique clameur pour un impératif, une espèce d'avertissement divin que le ciel m'eût envoyé par les moyens les plus modernes, lorsque je le vis...

La dégaine nonchalante, la chevelure épaisse et très sombre, les épaules larges dans un tee-shirt blanc, le jean artistement décoré à l'encre (tête de mort et moto, avec quelques hiéroglyphes illisibles, ou alors inaccessibles à ma trop modeste culture anglo-musicale)... Un jean en tout cas bien habité, du moins d'après ce que je pouvais en juger de ma place, car il me tournait obstinément le dos depuis qu'il était entré.

Il avait franchi la porte à côté de laquelle j'étais installée, face à tout le reste de la pièce, je n'avais fait qu'entrevoir sa silhouette de profil, et maintenant il se livrait à un conciliabule fiévreux avec la patronne, accoudé au bar et ne me montrant de lui qu'un joli cul insolent adorablement dessiné dans son pantalon. Pourvu qu'il se retourne vite ! Et s'il était laid ? Et s'il avait des boutons ?...

S'il a des boutons, c'est dit, je m'en vais ! Non, je lui laisse une chance. S'il a plus de... disons... trois boutons, je laisse tomber... Je prenais patience en pariant avec l'absurde, pendant que mon chevelu s'éloignait, hélas, toujours de dos, en direction des flippers, où il commença à tortiller son délicieux derrière au rythme des sonneries de la machine.

Il ne me restait plus que le subterfuge des toilettes dont l'entrée voisinait avec ces engins d'enfer. Attention, j'arrive sur lui, je vais le dépasser, il faut que je me retourne... Ça y est, vu ! Pas l'ombre d'un bouton, seize ans à tout casser, une jolie petite gueule arabe à n'en plus pouvoir, les sourcils épais, veloutés, présentement froncés dans la lutte au corps à corps avec cette garce de verre et de métal qui gémit et explose sous ses doigts. Il ne m'a pas repérée ; j'ai seulement intrigué au passage deux ou trois de ses acolytes moins passionnés que lui par les râles de la babasse...

Le temps de rectifier une mèche de cheveux dans la glace, et me revoici. Attention, c'est encore moi, pardon, ne vous dérangez pas. (Mais si ! Dérangez-vous, dérange toi, idiot, regarde-moi !) Et cette fois, je m'arrête imperceptiblement pour le dévisager. Tête baissée, grimace de concentration, un petit bout de langue au coin des lèvres, il ne me remarque toujours pas. Comment vais-je rivaliser avec cette damnée mécanique ?

Heureusement, il y a les copains. On lui parle tout bas, en coulissant un œil dans ma direction. On lui donne même un coup de coude. Merci, les gars, c'est gentil de votre part ! Il lâche la machine, tord un peu le cou, m'aperçoit. Bien sûr, je ne baisse pas les yeux. Il faut que je lui dise le maximum de choses rien qu'en le fixant. Depuis qu'il n'est plus obnubilé par cet appareil forcené, il est devenu très intelligent. Il fait mine de venir rôder au comptoir, plonge une main dans sa poche, compte de la monnaie, me laissant, si j'en ai l'envie, l'occasion de l'interpeller.

Je ne suis pas trop bête non plus. « Vous buvez quelque chose ? » Volte-face. Geste de la main vers sa poitrine, yeux écarquillés pour demander : « Qui ça, moi ? » Et comme je hoche la tête, avare de mots à mon tour, il annonce sans façon « Un Coca ! », et vient s'asseoir en face de moi, non sans avoir adressé aux copains restés là-bas un bref regard de connivence, style : « Vous aviez raison, c'était bien à moi qu'elle en voulait ! »

Installe-toi, petit marlou, et cramponne-toi. Je vais

te montrer que votre mot d'ordre « Touche pas à mon pote » est une hérésie complète. Car, si tu veux bien vivre avec moi l'aventure jusqu'au bout, je vais te toucher, te toucher partout ! Tu me parais éminemment touchable. J'ai recensé, pendant que tu t'approchais, ton Coca à la main, tous tes trésors : des jambes très droites, longues, élégantes, des hanches étroites, une braguette prometteuse, de jolis bras d'homme jeune mais déjà vigoureux, un cou appétissant...

Maintenant tu es tout près de moi, tu lèves ton verre comme pour dire : « Merci, à votre santé !... » Tes grands cils bruns ombragent et dévoilent tour à tour des prunelles de jais, et viennent caresser tes joues mates lorsque tu baisses les paupières. As-tu de la barbe ? Pas que je voie. Ta bouche, qui s'entrouvre pour boire a quelque chose d'un beau fruit pulpeux, et j'entends avec un frisson de sensualité le choc de tes dents blanches sur le bord du verre. Très mignonne bouche, mais bien muette jusqu'à présent, et pourtant il faudra bien que tu parles, joli petit raton, car il y a dans ma vie un espion à l'écoute, un espion qui m'est cher et que je veux combler...

« Je ne vous ai jamais vue ici... » Ah ! il engage la conversation !

« Je ne viens jamais, c'est la première fois.

— Ah !... »

Je sens que je le surprends. Il a une façon de me contempler qui signifie : « Alors, qu'est-ce que vous voulez ? » J'attaque, bien directement : « Tu viendrais avec moi ? » Silence. Regard. Haussement d'épaule, d'une seule épaule. Traduire : « Pourquoi pas ? » Et nous nous levons. La facilité des négociations me déroute.

« Ma voiture est là. » Il hésite tout de même un peu. Il n'a plus derrière lui le regard des copains pour le stimuler... Finalement, il monte. Grimace. Quelque chose le tracasse. « Où vous m'emmenez ? — Chez moi ; après je te ramène. — Je vous préviens, je n'ai pas d'argent ! — Je ne t'en demanderai pas. — Vous m'en donnerez ? » Vlan ! Attrape celle-là ! Je n'avais pas envisagé la demande une seule seconde ! Ça fiche tout de même un coup au moral, une question pareille ! Heureusement qu'il me dit ça dans la voiture, hors de portée de ce maudit micro que tu as installé dans la chambre ! Ça te ferait trop rire !

« Tu viendrais quand même si je ne t'en donnais pas ? — Oui ! » Je vous jure qu'il n'a pas tergiversé, qu'il n'a pas réfléchi, qu'il a répondu très vite et très net. Je l'embrasserais !

« Alors on va faire comme si, on verra après... » Ma formule est assez piteuse, je sais. Ça a l'air d'un chantage idiot, d'une promesse de récompense pour bons et loyaux services. Je regarde mon petit bougnoule à la dérobée. Est-ce que ma phrase l'a fait tiquer ? On ne dirait pas, j'en suis presque déçue. Mais, pourrais-je le jurer ? Il a une expression un peu énigmatique, lointaine... Je pense à Gide tout à coup. « Arabes, Arabes campés sur les places, feux qui s'allument, fumées presque invisibles dans le soir... »

« Comment tu t'appelles ?

— Djamel, et vous ?

— Oh ! moi, ça n'a pas d'importance, tu m'appelleras comme tu voudras !... »

Le trajet est silencieux. Je cherche dans ma tête par où je dois commencer, une fois à la maison. Et finalement, je ne décide rien. Tout dépendra de lui, de nous, du moment !... Avouons-le, j'ai le trac !

Au moment de quitter la voiture, je m'aperçois qu'il est comme ça, les mains dans les poches. « Tu n'avais pas de cartable ? — Non, j'ai séché les cours aujourd'hui. » Qu'est-ce que je vous parie que j'ai levé le plus mauvais élève du lycée ? « C'est pas bien, ça ! » Il a un regard comique à force d'incrédulité, et j'entends si clairement le langage de ce regard : « Non, mais elle va pas me faire la morale, celle-là, ce serait le bouquet ! », que j'éclate de rire. Il rit aussi. Nous venons de faire le premier pas dans la complicité. Ce qui m'inquiète un peu, c'est que nous nous comprenions à demi-mot ; assurément, cela ne fera pas ton affaire !...

Dans l'appartement, il me demande tout de suite, sans hypocrisie : « Est-ce que je peux prendre une douche ? » Et comme je lui montre la porte de la salle de bains, il s'éloigne de son joli pas balancé. Que faire, que faire ? Me déshabiller, ne pas me déshabiller ? Préparer à boire ? Vérifier en tout cas que le machiavélique appareil est bien là sous le lit, appuyer sur la touche « Enregistrement », avoir des remords, prendre une cigarette, tourner en rond. Allez, j'enlève mes chaussures ! Cette décision me soulage momentanément comme si je venais de me résoudre à quelque chose d'héroïque.

Le revoici ! Ses boucles crépues paraissent plus brunes d'être mouillées. Tiens, il est plus grand que moi, maintenant que je suis pieds nus.

« On boit quelque chose ?

— Si vous voulez.

— Jus de fruit, alors : je ne te donne pas d'alcool, ça fait tomber la quiquette !

— La quiquette ! »

Il a une expression amusée et un peu méprisante. Le vocabulaire lui semble sans doute archaïque et très enfantin.

« Comment tu appelles ça, toi ? »

Silence surpris.

« Tu vois, tu devrais me le dire, ça m'intéresserait.

Je cherche des mots, plein de mots pour écrire. Si un jour j'écris notre rencontre, j'utiliserai tes mots.

— Vous êtes journaliste ?

— Non.

— Vous faites des livres ?

— Non, mais j'écris beaucoup. Alors, comment tu appelles ça ? »

Silence embarrassé.

« Je sais pas, moi... (Silence réfléchi.) On dit " zob ", ou " chibre ", ou " paf ", ou " scratch "... C'est pas les mots qui manquent !

— Attends, attends, redis-moi ça ! " Scratch ", ça s'écrit comment ? »

Joues gonflées, lèvres implosives :

« Pfff ! Moi, l'orthographe ! »

Qu'il est charmant, ce Djamel ! Le plus mauvais élève, vous dis-je, mais sûrement l'un des plus beaux !

« Tu sais que tu es très beau, Djamel ? »

Il rit.

« Tu le sais ?

— Ben, vous n'êtes pas mal aussi ! »

Merci, merci, cher, délicieux petit loubard inconnu, même si tu ne le penses pas vraiment, tes efforts de galanterie relèvent d'une gentillesse qui me conquiert définitivement !

« On ferme les volets, hein, ce sera mieux ? » Sans lui laisser le choix, je me dirige vers la fenêtre. Surtout pas de lumière crue sur nous, sur nos deux corps, sur nos deux peaux... Je ne gagnerais certes pas à la comparaison. L'obscurité complice des persiennes tirées, où filtre à peine un rai de lumière... On a lu Colette, que diable ! Mais j'exagère pour me faire peur. Je n'ai pas encore l'âge de Léa, même si mon compagnon fait un Chéri tout à fait présentable, quoiqu'un peu exotique... Le Chéri, présentement, oriente ses antennes vers moi, et devine très bien :

« Vous ne voulez pas que je vous voie ? (Il doit avoir la frousse que je sois très moche en dessous !)

— Tu as tout compris : je suis pudique. Et toi, tu as envie de me voir ?

— Ouais.

— Alors dis-le.

— J'ai envie de vous voir.

— Non, dis-moi " tu ".

— J'ai envie de te voir.

— Moi aussi, j'ai envie de te voir. Pas de jaloux, un vêtement chacun, d'accord ? Je commence. »

Et je déboucle la large ceinture qui fait blouser mon chemisier.

« C'est pas juste, je serai à poil avant vous !

— Dis-moi " tu " !

— Avant toi ! »

Je n'avais pas remarqué qu'il était pieds nus aussi. (Où a-t-il laissé ses chaussures et ses chaussettes ? Les a-t-il abandonnées quelque part entre la salle de bains et la chambre pour gagner du temps, ou par flemme de les remettre, ou parce qu'elles n'étaient pas très présentables ? J'ai honte de mes soupçons, d'autant plus que le tee-shirt qu'il vient d'enlever paraît, lui, parfaitement propre...)

Son torse est apparu, lisse et foncé comme une belle poterie, musclé, tentant. Je pose ma main sur sa poitrine, à plat entre ses deux seins, ainsi qu'on touche le flanc d'un cheval de race, ma main qui, d'habitude bronzée, semble très claire sur sa peau torréfiée. Nous sommes face à face, lui plus grand que moi, bien plus large aussi, et cependant tellement plus jeune... Quelles merveilleuses épaules ! Je ne sais résister à l'envie de les caresser, je m'y attarde, m'y complais. Silence. Mon dieu ! Le magnétophone ! Ne plus laisser s'installer ce genre de silence, ou tu auras une grimace éloquente et dépitée devant le résultat de ton traquenard, et je n'aime pas cette grimace-là !... Il y a des moments où il est difficile de se taire, il y a aussi des moments, crois-moi, où il est difficile de parler, surtout lorsqu'on s'y sent obligé. Connais-tu pire torture que de devoir rompre et meubler le silence ?

Heureusement, l'impatience de mon partenaire sauve la situation.

« A vous !

— Oui, mais dis-moi " tu ". Tu n'aimes pas que je te caresse ?

— Si c'est bien... »

Il n'a pas l'air très convaincu. Je soupçonne en lui une terrible graine de macho : il semble déjà très pénétré des rôles à jouer. Etre « à poil » avant moi, par exemple, ça l'embête, se laisser caresser aussi. Oh ! Pas de ça, mon bonhomme ! Tu apprendras ce que j'en pense ! Je ne sais pas si tu es puceau, mais je me doute en tout cas que ton éducation est à faire !...

« Bon, regarde, j'enlève mon chemisier.

— Et la jupe ? la jupe aussi, elle va avec !

— Ah ! Non ! c'est pas du jeu ! On a dit un vêtement à la fois !

— Oui, mais vous aviez... tu avais une ceinture d'avance ! »

Ça le taquine à ce point-là ! Je vais feindre d'être conciliante. Si on veut combattre le préjugé, il ne faut pas le heurter de front !

« Va pour la jupe ! Voilà, tu as déjà un aperçu de la bonne femme, ça te plaît ?

— Pourquoi vous portez un soutien-gorge ?

— Dis donc, toi ! Et d'une, quitte ton jean ! Et de deux, réponds à ma question : ça te plaît ? Et de trois :

pourquoi tu portes un slip ? et de quatre, dis-moi “ tu ”.

— Oh ! là ! là ! Oui, là, ça me plaît, ça TE va, TU es contente ? (Il insiste beaucoup sur le “ te ” et le “ tu ”.)

— Alors pour répondre à ta question sur le soutien-gorge, je l’enlève. Tu vois, il ne m’est pas encore absolument indispensable. Seulement, je retarde les dégâts le plus possible...

— Alors, pour répondre à ta question sur le slip, si j’en mets pas, je me coince les poils dans la fermeture éclair...

— Ça tombe très bien, plus de fermeture éclair, plus besoin de l’anti-coince-poils ! Qu’est-ce que tu attends ? Zou ! A bas l’anti-coince-poils ! »

Et comme il hésite encore en lorgnant du côté de ma culotte, d’un geste stratégique je nous libère tous les deux, moi du dernier rempart de ma pudeur (c’est beaucoup dire pour quelques centimètres carrés de dentelle blanche) et lui de cette naïve fierté qui lui interdisait de se rendre le premier... Le voilà content et soulagé de ce qu’il considère, dans sa jolie tête de futur caïd, comme une capitulation.

Il abdique à son tour. Sa bite apparaît. Une bite colorée et sans prépuce de petit arbi qui commence à s’émouvoir. Il reste là, les bras un peu écartés, muet, embarrassé. Sa peau épicée brille dans la pénombre. A le regarder, j’oublie qu’il me regarde aussi. L’admiration et la tentation ont fait taire ma timidité. Je suis seule au bout du monde avec ce jeune dieu d’une mythologie aux consonances étranges, cet enfant-roi d’un Bagdad de légende, ce petite prince aux yeux noirs, à la bite indécise...

Sindbad, gentil marin, tu m’emmènes en voyage ? Je m’approche de lui. Mes bras à son cou, ma bouche à son oreille, mon ventre contre le sien, où je sens se préciser l'émoi, je lui murmure :

« Je te trouve bandant ! »

J'ai choisi d'instinct la formule qui va ressusciter le dialogue, mort de son embarras et de mon émotion. Attention, le micro, c'est reparti !

« Ah ! Parce que tu bandes, toi ? (Qu'est-ce que je disais ?)

— Sale petit mec, bien sûr que je bande ! Regarde, pose tes mains sur mes seins. Si ça s'appelle pas bander, ça, comment ça s'appelle ? Touche, touche-moi, tu vois, tu les fais se dresser... Et puis encore, attends, viens là, viens, plus près, à genoux, à genoux, te dis-je ! Regarde là, là, qu'est-ce que tu vois ? Tu vois ? Comment tu appelles ça, toi ?

— La chatte...

— Oui, moi aussi, et puis encore ?

— La foufre, la moule, la tchoune, la chcrame...

— Oui, mais ça, ça, comment tu l'appelles ?

— Le con...

— Pas le con, ça, regarde de plus près. Tu vois, ça bande aussi, touche, touche-le, passe ton doigt, tu sens ? C'est le clitoris, le clito. Dis bonjour au monsieur, Clito, c'est Djamel. Je ne sais pas si Djamel a déjà vu un clitoris bander dans sa vie, tu sais... Hein, Djamel, tu as déjà observé ça de tout près ?

— ... J'ai vu des photos...

— Des photos, mais une vraie femme ?

— Non, jamais.

— Jamais fait l'amour ?

— Si, un peu...

— Comment, un peu ?

— Deux ou trois filles...

— Deux, ou trois ?

— Deux, vite fait, dans la cave, le soir...

— Ah ! Bien sûr, la cave, ce n'est pas l'endroit rêvé pour traquer les clitos !... Et c'était bien avec ces filles ?

— Heu... Non, pas très...

— Pas très pour elles ou pour toi ?

— Pour moi.

— Et pour elles ?

— Je sais pas...

— Tu leur as pas demandé ?

— Non.

— Bon, alors aujourd'hui, Djamel, on recommence tout, comme s'il n'y avait jamais eu de filles, jamais de photo, jamais de cave ? D'ac ? Je te montre tout, je te dis tout, et toi aussi, tu me dis tout, absolument tout ce que tu penses, tout ce que tu ressens...

— C'est pour l'écrire ?

— Oui, si tu veux, c'est pour l'écrire, et puis c'est aussi pour toi, et pour toutes les prochaines filles, plus tard, peut-être ailleurs que dans la cave... D'abord, viens, viens sur le lit avec moi. Installe-toi. Je vais te caresser parce que j'en ai envie, parce que c'est normal, parce qu'il faut se caresser. Avec le bout des doigts. Ferme les yeux, abandonne-toi bien... Je me promène sur toi. Là, sur tes bras, sous tes bras, ne bouge pas, ne te crispe pas, ça ne chatouillera plus si tu te détends. Sur les côtés du ventre. C'est bon, hein ? Ça te fait creuser l'estomac... Là, sur les poils. Tu as un buisson épais, j'adore gratouiller dedans. Ah ! Voilà ta queue qui veut m'empêcher. Elle est jolie, cette queue. Tu sais que je n'avais jamais vu une queue aussi brune ? Sous les couilles, du bout des doigts... Dis-moi, tu aimes mes doigts sous tes couilles ?

— Oui, j'aime bien, ça me fait bander.

— C'est bien, laisse-toi bander. Je vais te faire grossir encore plus. Tu aimerais si je te prenais dans ma bouche ?

— Oui.

— Je vais le faire, mais il faut que tu parles, que tu m'encourages, que tu m'expliques ce que ça te fait... »

...

« Oh ! C'est agréable, c'est... très agréable...

— Encore ! Parle ! Parle ou je m'arrête !

— Non, non, t'arrête pas, je vais te dire... C'est la première fois qu'on me fait ça. J'ai vu aussi des films au magnétoscope, avec des copains, et quand je regardais une femme sucer un type, ça me faisait vraiment triquer... Je sais pas trouver les mots, je sais pas dire pourquoi c'est si bien, mais je t'assure, c'est bon, quand tu tires dessus avec tes lèvres... quand je sens ta langue au bout... quand tu vas jusqu'au fond...

— Tu ne dois pas te taire, continue à commenter. Ça me guide, ça me plaît. J'aime t'entendre. Je te ferai voir après comme ça m'a mouillée, rien que de t'entendre.

— C'est bien, c'est bien, c'est bon, aspire, aspire encore ! Ah ! c'est bon !... T'arrête pas, t'arrête jamais, je vais jouir, je vais plus parler, je peux plus, mais t'arrête pas... »

Ah ! Il fait bon être jeune ! Tu parles d'un voyage ! J'aurais voulu fignoler, pour le faire délirer un peu (j'ai peur que la bande qui tourne, sous le lit, ne soit guère nourrie), pour lui laisser un joli souvenir aussi. Mais voilà qu'il a consumé sa première pipe à la vitesse d'un feu de paille, et que sa jeune impatience vient d'éclater sur ma langue en un flot tiède un peu âpre...

Tu m'excuseras cette pensée perfide, mon chéri, mais je sens que j'ai commis une erreur de tactique, abusée par mon expérience à émoustiller d'agaceries trop précises un homme qui flirte (oh ! très honorablement !) avec la quarantaine... Ce chaud petit lapin a la sensibilité à fleur de zob. Je ne suis qu'une idiote à la mémoire bien courte, oublieuse de mon ardente adolescence, et de ses émotions urgentes, torrides, satisfaites aussitôt qu'éprouvées.

J'écoute s'assagir la respiration de mon Lucky Luke (l'homme qui décharge plus vite que son ombre), la tête sur sa poitrine lisse. Le magnétophone essuie une nouvelle panne de son. Je n'ose pas démêler si c'est en pensant à lui, ou à moi, qui suis restée sur ma faim, si l'on peut dire, que je demande :

« Djamel, tu veux toucher comme j'ai envie de toi ? Donne ta main, tu sens comme c'est mouillé ? Il n'y a pas que les hommes qui bandent et qui jutent, tu t'en souviendras ? Jure que tu t'en souviendras !

— Je le jure !

— Et le clito ?

— Je m'en souviendrai.

— C'est bien rare qu'on ne plaise pas à une femme quand on la touche là. Touche !... Aïe ! Plus doucement !... Encore plus doucement, c'est très fragile... Je t'écrase, si je me couche sur toi ?

— Non.

— Touche-moi avec tes deux mains, par-derrière... Oui, là, là, c'est le con, tu le reconnais ? Entre, mets un doigt, plus loin, deux doigts, ressors un peu, entre et sors doucement, souvent, longtemps... Tu leur as fait ça, à tes copines de la cave ?

— Non.

— Tu leur as fait quoi ?

— Oh ! Pas grand-chose ! On s'embrassait, je me frottais contre elles, je bandais, elles se couchaient et j'essayais d'entrer... J'ai joui chaque fois avant...

— Mais elles ne te guidaient pas ?

— Non.

— Elles ne te disaient rien ?

— Non, elles respiraient vite, elles poussaient des petits gémissements, c'est tout.

— Continue à me tripoter le con. Attends, je vais me toucher en même temps. Tu vois, moi je ne sais pas jouir sans me toucher le clito... Ah ! Revoilà ta queue ! Tu rebandes déjà ? Quel punch ! On va baiser tous les deux, et je te jure que tu vas visiter, tu vas voir comment c'est fait là-dedans, tu vas pas rester à baver sur le paillasson... Tu es prêt ?

— Oui.

— Je reste sur toi, je te prends. Tu sens ? Tu sens que je te pompe ton... comment déjà ? Scratch ! Ton scratch... Tu es bien, tu me sens assez ?

— Oui, oui...

— Alors, doucement, maintenant : moi je lime, et toi, tu m'attends, bien sagement. Si ça urge, tu préviens. Je continue à me branler... C'est comment, dedans ?

— Bon, très doux... mouillé... chaud... attends ! attends !

— Quoi ? Déjà ?

— Je pourrai pas tenir longtemps si tu bouges comme ça !

— Oui, mais si je bouge pas, je pourrai pas venir non plus. On reste tranquilles une minute. Respire fort... Ah ! tu sais, j'ai envie de ta bite, j'en ai bien envie, tu vas pas me la refuser ? Tu vas me tringler, dis ? Tu essayes ? Tu ne t'es jamais entraîné, en te branlant, à durer le plus longtemps possible ?

— Non, jamais.

— Il y a beaucoup de choses à revoir dans ton éducation...

— Oui, je sais, une femme, ça bande et ça jute, plus

le clito, plus l'entraînement. Alors dès demain, je révise tout.

— Tu as intérêt. Allez, continue à parler, je redescends sur ta bite. Tiens, redis-moi tous les noms que tu m'as sortis tout à l'heure !

— Pour ?...

— Pour la queue.

— Le chibre, le zob, le sarce, le scratch... la bite, le borgne... le sgeg... le sboum, le bout... le nœud...

— Encore, encore ; t'occupe pas de ce que je fais, je me ramone pendant que tu récites. Allez, d'autres !

— Mais j'en sais plus... Tu en as de bonnes : " t'occupe pas " ! Je peux pas, je sens tout !

— Ecoute, pas question de foutre avant moi, bien compris ? Débrouille-toi. Si je perturbe la cadence, ça fiche tout en l'air !

— Ah ! c'est dur... Arrête ! Attention, attention, ça va partir !

— Je m'arrête, je m'arrête... Dernier arrêt avant le terminus, on est d'accord ? Tu vas m'aider à jouir, tu me toucheras les fesses, les fesses et le cul, tu veux ? Allez, c'est reparti. Je vais doucement, tout doucement. Ce que ça glisse bien ! Le cul, le cul, touche-moi le cul ! N'aie pas peur, ça mord pas. Mets un doigt. Non, pas tout de suite, mouille-le d'abord. Oui, mouille-le là... Mets-le maintenant. Tu leur feras ça aussi, aux filles de la cave. Mais en douceur, toujours délicatement. Tu leur feras ?

— Oui.

— Répète tout, tout ce que tu leur feras...

— Je les ferai bander, bander et juter. Bander les seins, le clito. Couler la chatte. Je leur mettrai un doigt dans le cul, très cool... Je le mouille d'abord avec du jus de chatte, et je le mets doucement...

— Très bien. Très, très bien. Parfait. Et tu les laisses cavaler sur toi, et tu respires pour les attendre.

— Je respire pour les attendre...

— En bougeant ton doigt...

— En bougeant mon doigt...

— Tu les laisses se frotter à ton nœud aussi longtemps qu'elles ont envie. Monter, descendre, le bouffer aussi longtemps qu'elles ont envie...

— Aussi longtemps que je peux, quoi !

— C'est bientôt, bientôt fini, Djamel, Chéri, Petit prince, tu as la queue la plus douce, la plus douce que j'ai jamais vue... C'est bientôt là, bientôt là, enlève pas ton doigt, c'est trop chouette, c'est là, laisse partir, laisse partir et raconte, dis-moi tout, tout !...

— Moi aussi ! Moi aussi !... Mais comment tu t'appelles ? Comment tu t'appelles ?... »

La joie lui a fait redresser la tête vers moi ; il m'a regardée une seconde avec des yeux fous, un air égaré et ravi, désolé aussi parce que son premier vrai plaisir d'homme est anonyme... Je ne te dirai pas mon nom, Djamel. Je ne veux pas que tu le cries au moment du bonheur, je ne veux pas que tu t'en souviennes, il ne t'appartient pas. Je veux rester pour toi cette femme inconnue, au caprice bizarre, dont les gestes et les mots et le corps, peut-être, t'ouvriront un chemin que tu dois poursuivre seul... Pour moi, tu es Djamel, Mohammed, Ali, n'importe, tu es l'enjeu d'un pari un peu fou, un fruit tentant et si aisément cueilli, un petit prince de banlieue, un petit rasta aux cheveux de laine, au blue-jean pâli, et sur ta bouche, c'est tout ton pays que j'embrasse, le regret des palmiers que tu ne connais pas, la douleur de l'exil, la souffrance de n'être ni d'ici ni d'ailleurs, la misère de traîner dans des couloirs pisseux d'HLM déglinguées, de trousser sans victoire des filles dans la cave, toi dont le regard sombre de fier Touareg était fait pour scruter des horizons de sable, et pas des tas d'ordures...

Djamel, Mohammed, Ali, petit crouille, petit melon aux candeurs suaves, tout nu à mes côtés, tu sembles sorti tout droit du jardin des délices, et je voudrais te dire des contes, car je suis Schéhérazade... Mais je garde mon éloquence pour un autre sultan, moins jeune et moins pur que toi, dont l'oreille lascive se plaît à mes récits scabreux, et je ne fais l'amour avec toi que pour mieux le refaire avec lui, qui écoutera tout à l'heure ta douce voix timide et ton souffle affolé, captifs d'un appareil sournois. Tu es sans le savoir le héros d'une histoire, Djamel de la zone, adolescent perdu entre deux continents, mon romanesque et fugitif amant...

« Djamel ?

— Quoi ?

— Ta bite est en velours... On dirait une jolie bestiole satinée sous mes doigts. Et docile, avec ça, regarde !

— Oui, j'ai pas trop à me plaindre...

— Encore un petit coup ? Le coup de l'étrier...

— Pourquoi pas ?

— Cette fois, tu viens sur moi ? Caresse-moi avec... Juste avec la tête, là, sur le clito. Ça va l'ouvrir, tu vois... Il faut dire : " Sésame, ouvre-toi ! ", si tu veux venir dans la caverne aux trésors... Dis-le !

— Sésame, ouvre-toi !

— Viens, viens, Ali, la caverne s'est ouverte, viens, avance. Va jusqu'au fond. Doucement. Recule maintenant. Jusqu'à l'entrée. Ressors. Reviens. Je te sens au bord de moi, je sens le bout de ton zob qui m'écarte un peu, qui force un peu pour rentrer. J'aime bien ça. Et toi, qu'est-ce que tu sens ?

— J'ai l'impression que tu me serres, que tu m'avales. J'ai envie de remuer...

— Pas si vite !

— Si, si ! de remuer vite...

— Galope pas comme ça, tu vas me laisser, tu vas partir sans moi, je veux pas que tu me laisses...

— Non, je te laisserai pas... Touche-toi, là ! Tu vas voir, je connais la leçon sur le bout du doigt !

— Oh ! oui ! sur le bout du doigt !...

— Tu l'aimes comme ça, là, mon doigt ?

— Oui, je l'aime...

— Je l'ai mouillé comme il faut, mis comme il faut ?

— Oui, tout bien !

— Je te baise bien ? Tu aimes comme je te baise ?

— Oui, oui, j'aime bien... Bouge ton doigt, avance, recule... Frotte, frotte bien, je suis une lampe magique. Frotte-moi bien, Aladin, tu vas voir un génie...

— Je te frotte, je te frotte, je te frotte... J'ai une de ces triques, grosse, grosse, dépêche-toi, dépêche-toi...

— Frotte encore, frotte encore...

— On s'arrête plus, là, on peut plus s'arrêter...

— Non, non, on s'arrête plus, mais bouge aussi dans mon cul, si tu veux voir le génie !

— Ah ! Je le vois déjà... Et toi ? Et toi ?...

— Moi aussi je le vois, oui, je le vois, Ali, je le vois !... »

Et je croyais que ce gosse-là était mauvais élève !...

Je l'ai raccompagné à ce troquet grouillant ; les lumières s'allumaient et ça gueulait toujours. La porte ouverte laissait échapper des flots de musique, de cris, de gamins un peu traînants, un peu tristes. Un petit groupe est sorti, ils ont reconnu Djamel, assis dans la voiture à mon côté et qui ne savait trop comment me quitter. Sans discrétion, ils se sont baissés, l'ont dévisagé à travers la vitre (alors ? ça a marché ? veinard !), m'ont regardée aussi, goguenards, complices, indulgents à ma gourmandise de bonne femme désœuvrée qui venait de s'offrir avec sa tasse de thé un petit Beur à croquer. Et cette indulgence égrillarde m'a été plus insupportable que le plus sévère des jugements.

« Alors salut !

— Salam, beau Djamel... Tu sais que c'est un pléonasme, de dire " beau Djamel " ?

— Un quoi ?

— Djamel, djemil, ça veut déjà dire " beau " en arabe.

— Tu parles arabe ? (Lueur d'intérêt dans le regard.)

— Oh ! Non ! Quelques mots, comme ça... »

Il ouvre la portière, descend, à regret... J'allais oublier !

« Djamel ! Asma ! »

Il se retourne, revient, se penche.

« Et l'argent ?

— J'en veux pas ! »

Merci, gentil pote, merci, saha ! Tant de simplicité, et de délicatesse aussi... Je regarde son joli cul se balancer en direction du café... Il se retourne, le revoici à la portière :

« Quoique... Je dois cinquante balles à la vieille, là (geste du menton par-dessus son épaule), elle m'en fait tout un plat...

— Tiens ! »

Je ne lui ferai pas l'affront d'arrondir la somme. Il prend le billet, ouvre la bouche, se ravise et s'en va.

Nouvelle volte-face. Ah ! Il ne lésine pas sur les fausses sorties, mon petit métèque. Sa difficulté à me quitter me fait peine.

« Alors, tu ne veux pas me le dire ?
— Quoi ?
— Comment tu t'appelles ?
— Je m'appelle Léa, mon Chéri... »

Lorsque je reviens, je te trouve en train d'écouter la bande, et je devine à ton air renseigné que ce n'est pas la première fois...

Tu as un drôle de sourire, un peu crispé. Je m'en doutais, tu ne considères pas l'essai comme très concluant, ni l'émission comme franchement délirante... J'ouvre la bouche pour plaider non coupable (après tout, j'ai fait ce que j'ai pu !), mais tu me devances : « Il ne t'a pas fait vraiment jouir ? »

Ma parole, mais on est jaloux ! Alors ça, c'est un peu fort, par exemple ! J'hésite entre l'indignation, l'incrédulité, l'amusement, je cherche les mots les plus ironiques, les intonations les plus perfides, et puis, incompréhensiblement, je lâche, d'une façon très naturelle : « Bien sûr que non ! C'était pour lui faire plaisir ! »

Mon chéri, mon chéri, mon cher sultan, mon désir de te plaire m'a poussée à te tromper avec ce petit voyou charmant, et voici que mon désir de ne pas te déplaire m'incite à une deuxième tromperie, secrète, celle-ci, et combien plus troublante...

Quand je pense que j'ai essayé d'étouffer dans l'œuf le machisme naissant d'une gamin de seize ans, et que je dorlote et je couve un orgueil attendrissant mais endurci d'homme mûr !... Qu'est-ce que j'ai donc à te passer tous tes caprices, mais qu'est-ce que j'ai donc ?...

Tu ne me laisseras pas m'interroger longtemps ce soir-là. Impatient d'effacer en moi l'empreinte la plus ténue d'un précédent et peut-être trop émouvant passage, tu vas me parcourir, me remplir, me combler, me labourer, jusqu'à ce que je demande grâce, jusqu'à ce que mes cris et mes sanglots effacent aussi les murmures et les plaintes de cette bande espionne, qui défile encore dans l'ombre. Et seules les fréquences atteintes sauront te persuader, par comparaison, de ton éclatante victoire...

« La dònna è mòbile !... » Verdi, je te conseille de la ramener !...

Chapitre XII

Nous étions partis au hasard, sans but défini, et l'orage nous a surpris alors que nous roulions sur cette petite départementale, loin de tout. Un orage terrible, qui a submergé la chaussée en moins de cinq minutes et aveuglé le pare-brise. Tu as dû ralentir, la route tournait beaucoup. Tu m'as regardée. « Qu'est-ce qu'on fait ? » Et, derrière un virage, la bâtisse est apparue.

A travers des trombes d'eau, on distinguait à peine le grand panneau sur la grille d'entrée. « Maison de santé pour retraités. Clinique spécialisée... » Les lignes suivantes, composées en caractères plus menus, se perdaient sous le déluge. Tu m'as dit : « J'ai une idée » et tu t'es engagé dans l'allée goudronnée, bordée de vastes pelouses où se noyaient des chaises et des tables de jardin, des parasols aussi, que personne n'avait eu le temps de mettre à l'abri.

Tu t'es garé devant le perron (emplacement réservé aux ambulances). A seulement gravir les trois ou quatre marches qui le composaient, nous nous sommes trempés.

Dans le hall, tu t'es dirigé sans hésitation vers le

bureau d'accueil où une jolie rouquine remplissait des papiers. Très à l'aise comme en toute circonstance, et spécialement lorsque tu as un public féminin, et plus spécialement encore lorsque ce public est agréable à voir, tu as commencé ton numéro. Sourire et regard irrésistibles, voix bien posée, épaules mobiles (tu affectais de secouer avec deux doigts comme pour la sécher ta chemisette inondée). « Pardon, Mademoiselle (un vieux truc de séducteur : appeler « Mademoiselle » toute bonne femme qui semble avoir dépassé la trentaine, à tel point que les plus finaudes devraient s'offusquer qu'en cherchant ainsi à les rajeunir, on les estampille aussi catégoriquement), nous sommes de passage dans la région et nous voudrions rendre visite à un ami, mais nous ignorons son nom... »

Silence surpris de la rouquine suspendue à tes lèvres.

« Oui, c'était le frère d'une vieille voisine que nous avions, mais, forcément, elle était mariée et ne portait pas le même nom que lui. Je crois savoir qu'il est ici, ça lui ferait sûrement plaisir de nous revoir...

— Mais, vous ne pouvez pas me donner un peu plus de détails sur ce monsieur ? Son âge, sa situation de famille, d'autres indices, son prénom, peut-être...

— Son âge ? Non, je ne sais pas, mais il doit être assez vieux. Son prénom, impossible de m'en souvenir, mais ce dont je suis sûr, c'est qu'il était célibataire, ou veuf ; enfin, tout seul. »

Je t'écoute improviser avec une certaine admiration. Elle aussi, sauf qu'elle ne t'admire pas pour les mêmes raisons que moi. Regarde-le bien, écoute-le bien, jolie Poil de Carotte ! Si tu savais le bateau qu'il est en train de te monter, tu ouvrirais bien plus grands tes yeux verts !

... Malgré toute sa bonne volonté apparente, Poil de Carotte reste encore perplexe. Tu ajoutes : « Il a eu une sorte d'attaque. Il doit être en partie paralysé. Je me demande même s'il n'a pas perdu l'usage de la parole. » Tu me glisses un coup d'œil malicieux. L'usage de la parole ! C'est toi qui mérites de le perdre, bandit ! J'espère de tout mon cœur que l'hôtesse va prendre un air désolé et te répondre : « Non, nous n'avons personne ici qui corresponde à ce signalement. »

Or, ce n'est pas un secret, la chance sourit aux audacieux. La rousse aussi, d'un large sourire doublement motivé par la satisfaction professionnelle d'une part (« Ah ! oui, je vois ! »), et d'autre part, par le plaisir personnel qu'elle éprouve à te rendre service.

« C'est un Polonais ? »

C'est plus une affirmation qu'une question. Tu n'as pas le choix.

« Oui, quelque chose comme ça...

— Chambre 22, deuxième étage ! »

Et, comme tu la remercies d'un regard de velours, elle continue avec attendrissement :

« Il va être content, il n'a jamais de visite ! »

Dans l'escalier, tu t'amuses à quelques facéties coutumières : « J'aime bien voir les femmes monter les marches devant moi. » Mais je suis mouillée et je grelotte. L'aventure qui nous attend achève de me rendre les mains moites. « Combien de fois faudra-t-il te dire que je ne suis pas “ les femmes ” ? »

Les couloirs sont vides. Aucun bruit, c'est l'heure de la sieste... Derrière la porte, j'ai une brève hésitation que tu feins de ne pas seulement remarquer. Un bras à ma taille pour me rassurer et pour m'obliger, tu frappes et tu ouvres, discrètement mais avec autorité.

La pièce apparaît, petite, assez sombre. C'est un composé de chambre d'hôtel, avec des tentures et un dessus-de-lit de tergal, une tapisserie à fleurs, un fauteuil profond, et de chambre d'hôpital de par son tableau de chevet sophistiqué, aux multiples boutons, manettes, interrupteurs et prises. Dans un coin, la télé, à côté, une chaise roulante.

Tu t'effaces pour me laisser passer, me pousses un peu, me suis et refermes derrière nous. L'homme étendu dans le lit a un imperceptible sursaut. « Bonjour, Papy, ça va ? C'est bientôt la fête des Pères, on t'a apporté un cadeau ! »

Dans son visage osseux, ses yeux brillent, d'un bleu très clair, presque transparent. Il a du mal à tourner la tête, comme s'il était pris dans un corset rigide. Ses bras reposent sur le drap, immobiles, morts peut-être.

Tu traverses la pièce, écartes les rideaux. La pluie crépite sur les vitres, et la lumière qui éclaire la chambre a quelque chose de glauque. Certains détails se révèlent, que je n'avais pas encore vus. Le malade est en pyjama. Il a l'air très vieux et ses doigts noueux tremblent un peu. Je n'ose pas affronter à nouveau son regard de porcelaine pâlie, son regard posé sur nous avec surprise, avec intérêt...

Sans t'embarrasser de questions inutiles ni de vains scrupules, tu t'installes. Tu pousses le fauteuil roulant devant le récepteur, en face du lit, t'y assieds et m'attires sur tes genoux.

« Ça doit pas être drôle, toute la journée là-dedans, hein, Papy ? Alors, regarde, c'est mieux qu'à la télé !... » Et tu entreprends de me dévêtir. Le tee-shirt, d'abord, que tu fais passer par-dessus ma tête comme on déshabille un enfant. Résignée, j'ai levé les bras sans discuter, et je m'apprête à quitter aussi mon soutien-gorge que tu ne vas pas tarder à dégrafer dans mon dos. Mais non. Erreur de prévision. C'est un soutien-gorge à « balconnets », très décolleté, et tu joues à en sortir mes seins.

qui reposent à présent sur deux armatures en demi-cercle qui les soulignent et les rendent plus nerveux. Du pouce, tu en agaces le bout, et, malgré moi qui meurs très convenablement de confusion en face du petit vieux attentif, ils se mettent à bander avec une impertinence épouvantable. Faux frères, va ! Je ne sais plus où regarder. Devant moi, je croise les prunelles de myosotis du pépé aux aguets, et si je baisse pudiquement les yeux, je me vois des mamelons comme des framboises mûrissant sous tes doigts. Tu parle d'un tableau bucolique !

Mais tes mains d'horticulteur ont décidé de conquérir des broussailles plus clandestines. Tu remontes ma jupe sans ménagements. Humide, elle me colle aux cuisses et résiste honorablement quelque temps, puis cède enfin sous la menace (j'ai entendu craquer une couture !). La culotte ne te gêne pas longtemps : elle va rejoindre par terre le pitoyable petit chiffon de mon tee-shirt trempé roulé en boule.

Te voici vagabondant sur mon gazon, feutré par le parcours en voiture et le contact de mon slip, et auquel tu t'appliques à redonner du gonflant de tes phalanges en râteau. C'est une besogne qui te plaît, tu t'y attardes, et pour que le spectateur ne perde rien de ton zèle de paysagiste, tu lui ouvres toutes grandes les portes de mon jardin secret, écartant mes jambes d'une poigne qui n'admet pas de résistance, installant ma cuisse droite sur l'accoudoir droit du siège, et la gauche de l'autre côté.

Bienvenue au paradis, petit vieux ! Avec tes cheveux blancs, tu ressembles au Bon Dieu... Si tu veux bien visiter ton œuvre !...

D'un coup de reins, tu propulses la chaise jusque dans la ruelle, tout près du papy aux quinquets exorbités, qui, malgré l'évidente raideur de sa nuque, parvient à tourner la tête vers nous. Le panorama semble le fasciner. Il faut dire que tu es un cicérone tout à fait consciencieux.

Abandonnant la végétation de surface, tu te risques au fond du fourré, t'aventures en des terriers profonds, en émerges pour t'y engouffrer encore, et ce jeu malmène ma retenue et engendre mon émoi. Peu à peu, je sens que cèdent en moi les dernières barrières. Une source cachée, que tu as su découvrir, s'est mise à couler doucement. Regarde, petit père, il y a une fontaine en mon Eden, un ruisseau de lait et de miel qui me mouille partout, fait briller la groseille de mon clitoris, nacre mon abricot, arrose plus bas cet œillet sombre et gourmand que mon amant s'amuse à meurtrir, à rassasier et à affamer alternativement.

Tu aimes voir ça ? Ça te rappelle des choses ? Avec ces yeux d'azur, tu as dû en bouleverser, des filles, tu as dû en trousser, en bousculer, en caramboler... Et maintenant tu es là, immobile sous un drap qui devient ton linceul, et tes mains tremblent... J'ai peur que tu aies froid, petit vieux polonais, qui fus sans doute grand et blond et solide, qui chantas des chansons, qui bus du vin, qui dansas sur des musiques slaves...

J'ai peur que tu aies froid, à voir ton corps déjà pris dans les glaces, à voir dans tes iris les reflets d'un iceberg. Regarde ce que c'est qu'une fille qui n'a pas froid aux yeux, qui n'a froid nulle part. Moi, j'ai sous les paupières comme l'écorce d'une belle châtaigne, lisse et marron, qui éclate dans le feu. Et entre mes cuisses, c'est un chardon qui pique et qui brûle, un buisson ardent, un incendie dans la garrigue.

Réchauffe-toi à moi, je suis une femme latine et chaude, à la peau ambrée, à la chevelure sombre, au ventre brun. Réchauffe-toi à me contempler, désormais impudique, houleuse ; regarde ! Je suis dedans rouge et brillante comme une grenade éclatée, comme une figue sucrée, comme un piment, comme un fruit du soleil, et j'ai envie d'amour !...

Je vais me faire baiser devant toi, comme on ferait une flambée, l'hiver, pour revigorer un invité transi. Suis bien tout, ne perds pas une miette de la scène. Tu vas feuilleter un album-souvenirs avec nous. Cet homme-là, sur lequel j'ondule de ma croupe incandescente, ce pourrait être toi, il y a quelques années. Plus brun. Un regard plus végétal, aussi, la lumière verte d'une rivière sur de la mousse, où joue parfois un rayon malicieux... A cela près, il peut interpréter ton rôle. Tu fus aussi habile, sans doute, à persuader les femmes, aussi fier de leur donner la fièvre et de savoir les combler d'une queue farouche et magnifique.

Tu vois, il vient de se déboutonner... C'est tout à fait toi, tu bandais ainsi, il n'y a pas si longtemps... Réchauffe-toi à tes souvenirs, grand-père, réchauffe-toi à l'évocation de ce temps où il faisait bon être raide... Réchauffe-toi à ma cheminée, où il va jeter un délicieux tison, et gare aux étincelles !...

Je me suis levée pour te laisser libre de tes mouvements, pour te permettre de faire jaillir de ton pantalon cette racine que je sentais gonfler sous mes fesses. J'ai quitté ma jupe pendant que tu te dégrafais. Le vieillard, blême et frissonnant, nous contemple toujours, avec une attention aiguë, et comme un cri silencieux de tout son être...

Tu me prends par le bras et me couches à plat ventre sur le lit, en travers de ses jambes inertes. Je te sens derrière moi, qui me cherches une seconde. Et puis c'est l'invasion... J'avais une telle envie de t'accueillir que tu t'es enfoncé en moi jusqu'à la garde sans rencontrer de résistance. Ah ! Tu me plais ! J'adore ce braquemart dont tu fouailles mon ardeur...

Regarde, petit père, regarde comme il me baise bien ! Je me cramponne au bord du bonheur pour le déguster encore un peu, juste encore un peu. Je le bouffe avec une volupté indicible. Il est gros, dur et souple à la fois, velouté, juteux, il crépite en moi, m'enflamme tout entière. Tu sens que ça brûle, grand-père ? Ça te chauffe les jambes, dis, cette bonne femme qui se fait mettre comme ça, sur toi ? Tu sais que ça doit être bon pour les rhumatismes, un truc pareil ?

J'ai le ventre comme une bouillotte, le con tout embrasé. Ça vaut tous les cataplasmes du monde, ça ! Ça ne te donne pas envie de remuer aussi ? Ecoute, c'est une symphonie qu'on me joue là ! Tu vois ce type ? Le Chopin de l'amour, petit père ! C'est la première fois que tu vas entendre une " polonaise " exécutée comme ça, d'un archet aussi vif, d'un trombone aussi fougueux. Ah ! Il me mène à la baguette, tu sais, et je vais bientôt chanter avec lui, sur la partition qu'il compose au fond de moi, d'un instrument allègre...

Derrière moi, accroché à mes fesses, tu te trompes de folklore, et tu danses comme un nègre, du bassin et des hanches. Tes mains m'agrippent, me griffent un peu, me malmènent. Et soudain, je sens une autre main, plus fraîche, plus légère, se poser sur mes cheveux. Ah ! Grand-père, tu veux participer aussi, t'associer ? Solidarnosc, alors ?

Sais-tu que ta main sur mes cheveux, c'est bon, c'est rassurant, comme la bénédiction d'un patriarche à la tête blanchie qui a beaucoup vécu, et qui dirait : « Aimez-vous, mes enfants, continuez après moi. Il n'y a que ça de beau et vrai. » Je le dévisage, épuisé et content de cet unique geste, de cette modeste victoire qui pourtant le laisse essoufflé, et je décide de me rendre là, à ce moment, avec une main de vieil homme sur moi, pour me protéger, et la queue d'un impétueux soudard dans mon ventre, qui continue à battre, je décide de partir, de mourir un peu, d'être heureuse, de jouir enfin, sous ce regard bleu, sous ce ciel de Pologne poignant de nostalgie...

Lorsque nous redescendons, la rouquine ne te rate pas.

« Alors, il a été content ?

— Très, très content.

— Il a parlé ?

— Non.

— Ce sera pour la prochaine fois !

— Oh ! Nous ne reviendrons pas de sitôt !

— Dommage ! Mais de toute façon, nous pourrons tout de même exploiter votre visite sur un plan thérapeutique.

— ?...

— C'est une clinique modèle, ici. On soigne certains blocages du système nerveux grâce à l'audiovisuel !...

— Ah bon ?

— Oui, on fait écouter aux malades la voix de leurs proches, plusieurs fois dans la semaine ; on a des résultats !

— Alors, nous sommes enregistrés ?

— Oh ! Mieux que ça ! Chaque chambre est équipée d'un système vidéo. Votre visite a été entièrement filmée. Nous repasserons la bande à M. Grocholski. Peut-être que nous obtiendrons une petite amélioration...

— !...

— Ça vous ennuie ?

— Pas du tout ! Au contraire ! Quand on peut se rendre utile !... »

Chapitre XIII

Certains souvenirs que tu m'as laissés de l'époque de nos rendez-vous me paraissent moins plaisants à évoquer, et pourtant, puisque je me suis juré d'être loyale, il serait malhonnête de les négliger au profit d'anecdotes uniformément légères, ou de moments tous harmonieux.

Le dépit, l'agacement, la déception font également partie de notre histoire, et surent engendrer à leur façon, assez bizarrement, une nouvelle forme de complicité...

Il y eut par exemple ce jour où j'éprouvai soudain l'impression de te lasser. Je fus maladroite comme un animal pris au piège, et dont les soubresauts finissent par le meurtrir davantage. Et, pour me punir de cette maladresse, car décidément, ce jour-là, tu n'avais pas beaucoup d'indulgence, tu m'abandonnas posément, écourtant notre rendez-vous sans même me faire l'honneur d'une franchise abrupte mais précieuse, et prétextant je ne sais quelle délicatesse d'esprit, du style : « Je m'en vais tout de suite de peur de rester trop longtemps... »

La terrible et double honte qui s'empara de moi alors, la honte de ne pas t'intéresser assez, et surtout celle de susciter un alibi si dérisoire : « Je m'en vais tout de suite de peur de rester trop longtemps », l'humiliation de penser que peut-être tu t'imaginais que j'allais te croire, l'humiliation de ne pas mériter la vérité, de ne pas paraître assez forte pour la supporter, cette honte et cette humiliation m'ont immédiatement interdit la moindre tentative pour te retenir. D'ailleurs, essayer de retenir l'autre n'avait jamais fait partie de la règle du jeu, n'est-ce pas ?

Et longtemps après ton départ, un départ sans gloire, cela va de soi, je refusais encore de considérer que tu étais peut-être, sinon le plus malheureux, du moins le plus gêné des deux, tout comme je refusais de nommer la terrible bête qui venait de me mordre du trop éloquent nom de « chagrin ». Je ne me voulais qu'offensée, mais gravement offensée, d'une insulte qui remettrait sans doute tout en question entre nous.

Alors, pour laver l'affront, pour me prouver à la fois que je pouvais séduire et être séduite encore, pour me venger bassement, petitement, je t'ai trompé...

A partir de là, l'aventure pourrait sembler ne concerner que moi, et n'avoir donc aucune place dans ce cahier, qui se souvient de nous deux ensemble. Et pourtant... Pourtant je la raconterai tout de même, puisque tu y jouas un rôle non négligeable, à commencer par celui d'instigateur, oh ! bien involontaire, mais ta responsabilité dans l'affaire n'en demeure pas moins entière.

Il faut aussi compter avec le Destin, ce malicieux, qui me « le » fit croiser ce jour-là, au lendemain d'une triste nuit que j'avais passée à te maudire la moitié du temps et à rêver que je te maudissais durant l'autre moitié. Je « le » croisai donc, et répondis à son bonjour par les mêmes gestes de sympathie enthousiaste ; le dialogue n'alla pas plus avant, car nous étions chacun au volant d'une voiture.

C'est en rentrant chez moi que je me suis dit : « Au fait... » Je n'ajoutai rien, je m'étais déjà comprise... Retrouver son numéro de téléphone me fut, avec la complicité d'un hasard désormais tout dévoué, un jeu d'enfant. Mon appel le trouva seul (Bienvenue, Monsieur Chance !) et très gentil. Je fus assez laconique : « Dis donc, j'ai le cafard, si je passais te voir ? — C'est une excellente idée ! » répondit-il avec la conviction nécessaire pour me faire remonter très considérablement dans ma propre estime...

Il y avait très longtemps, à vrai dire, que nous nous promettions tacitement l'un à l'autre. Mais... une certaine nonchalance, une certaine timidité de sa part... Mais... toi, de la mienne... Alors...

Ce soir-là était une occasion rêvée, qui bousculerait à la fois son indolence de beau garçon réservé, et le pouvoir despotique que tu commençais à prendre sur moi. Vive la révolution !

Je ne me préparai pas trop longtemps : il ne faut pas être empruntée ni sophistiquée pour grimper sur les barricades !

Mon assaut fut d'abord raisonnable. Je garai ma voiture sous sa fenêtre, d'où il guettait mon arrivée. Il vint obligeamment à ma rencontre, me fit les honneurs de sa maison, se montra très civil, très prévenant, me proposa à manger, à boire, et, comme je refusais chaque offre, il se permit d'insister, histoire de connaître exactement le but de ma visite (nous avons ceci de commun, ce garçon et moi, de douter beaucoup).

« Vraiment rien ? Rien qui te fasse envie ? — Si, toi ! ai-je répondu très vite, comme j'aurais crié : « A mort le tyran ! » La confirmation qu'il recherchait pourtant l'estomaqua un court instant. Il eut la politesse de déguiser le désarroi que venait de lui occasionner un aveu si prompt par une mimique de gourmandise incrédule. Je fus sensible à ces deux hommages, sa volonté courtoise d'ignorer ma brutalité et, paradoxalement, de feindre de la goûter. Il poussa la délicatesse jusqu'à me prendre dans ses bras, et je lui en sus gré, car je comprenais parfaitement que ma rapidité, après des mois et même des années de patience tranquille, pût le dérouter totalement. Ses lèvres étaient douces et habiles, et il me sembla que ma mutinerie s'opérait sans trop de violence.

Il avait des mots un peu fous, sans suite, pour commenter l'aventure qui lui « tombait dessus » (le terme est de lui) et j'avais décidé de prendre une fois pour toutes cet ahurissement dont il ne parvenait pas à guérir pour un immense compliment.

Nous nous sommes retrouvés sur une sorte de banquette assez raide, dont je supposais qu'il s'agissait de son sommier puiqu'il n'y avait pas d'autre chambre... Nos effusions étaient passablement limitées par l'étroitesse et la dureté du siège.

Après un silence embarrassé, il me confia, comme il aurait avoué le plus abominable des crimes : « Je pense au canapé-lit ! » Ma révolution passait nécessairement par des décisions héroïques. Je sautai sur mes pieds. « Allez ! on l'ouvre ! »

Il était ostensiblement consterné par le manque de poésie des circonstances. Il entreprit d'installer le lit avec un air douloureusement résigné, et je lui fis sans doute beaucoup de mal en exigeant que la couette fût bordée au pied, car j'avais un peu froid...

Quand nous eûmes fini de préparer le terrain des opérations, sur lequel je préméditais un des actes politiques les plus importants de mon existence, il me reprit dans ses bras, s'octroyant quelques instants d'un répit qu'il voulait romantique avant de capituler devant la trivialité des contingences matérielles selon lesquelles coucher avec une fille, c'est d'abord se coucher avec elle...

Je profitai de cette étreinte pour lui glisser à l'oreille : « Tu fermeras les volets ? Je suis pudique. » Le soulagement que je vis dans ses yeux et sur tout son visage en disait long sur ses effarements précédents. Il acquiesça très vite, sa propre timidité se rassurant de la mienne.

Je ne pus m'empêcher de penser, à cette minute-là, à toi et à notre première fois. Tu avais exigé, malgré mes prières, la lumière sur mon corps nu, et j'avais été offusquée de ta goujaterie à me forcer, à me détailler comme un cheval qu'on va acheter ou tout simplement monter ; offusquée, aussi, de ma docilité soudaine, de ma passivité, de mon manque de volonté... Je m'étais juré à ce moment-même que rien ne serait possible avec toi, et que je ne saurais continuer longtemps avec un homme qui, dès le premier soir, assurait sa mainmise sur ma pudeur et ma fierté... Tu vois comme on se trompe, et tu comprends pourquoi, beaucoup plus tard, avec ce garçon très tendre et très délicat, j'ai eu l'impression de te renverser, d'abolir en une seule seconde des lustres d'un règne abusif...

Contre moi, il se faisait plus chaud, plus pressant, comme si ma faiblesse avouée lui redonnait du courage. Il plaisanta même : « Je vais aller fermer, parce que bientôt, je ne pourrai plus du tout ! », et c'était vrai, je sentais qu'il célébrait, à sa manière, le soulèvement auquel je l'avais convié.

J'entrepris de me déshabiller. Sous son regard indulgent dépourvu d'insistance mais non d'intérêt, il me fut facile de laisser tomber mon pantalon, mon pull. Je gardai mon soutien-gorge au poing quelques instants, comme une bannière, enfin je rejoignis à corps perdu le rang des sans-culottes, décidée à l'insurrection la plus fervente de l'histoire.

Il se défit aussi de ses vêtements, et je vis apparaître son corps, brun au-delà du pensable, plutôt petit et trapu, bien fait, avec des muscles ronds, un poil abondant de bête bien portante, et des coins tendres, émouvants dans leur grâce, l'attache du cou, de l'épaule, de la cuisse... Il avait un air chinois, aux lenteurs impassibles, et ses prunelles dorées, à la pupille exagérément dilatée, brillaient dans le crépuscule artificiel des persiennes tirées.

J'ai touché ses cheveux, très fins, très souples et si raides à la fois. J'ai touché sa joue encore douce malgré le soir qui venait, sa bouche charnue, son cou appétissant, et j'ai pensé à toi. La douleur a été nette, fulgurante comme l'élancement qui annonce une rage de dents. Et je me suis dit, comme avant une rage de dents : « Oh ! ça va passer ! »

Je me suis couchée contre lui avec une impétuosité qui se voulait convaincue, j'avais envie de chanter « Ah ! ça ira, ça ira ! », et d'y croire... Mais dans mon élan, farouche et maladroit ainsi que tous les balbutiements de toutes les révolutions, j'ai dû lui froisser une couille. Il a eu une grimace éloquente, et j'ai encore pensé à toi, à ta solidité, à ta turbulence.

Nouvelle douleur, nouvel élancement. Ce n'est rien, vous dis-je, ça va passer... Nous sommes restés, lui et moi, un moment à l'écoute de nos souffrances qui s'apaisaient, lui n'osant porter une main trop matérielle à l'endroit que je venais de malmener, et moi ne sachant où, exactement, j'avais mal : tout à fait une rage de dents, dont on est incapable de localiser la coupable...

Ma sédition prenait des allures d'infirmerie de campagne. La première victime de mes barricades était une couille innocente que j'avais concassée avant même de faire véritablement sa connaissance. J'étais désolée... (Tu aurais dit « navré ! »... Et voilà que ça me reprenait !) Et avec elle, tombé au champ d'honneur et pour la liberté (pour MA liberté) le vaillant petit soldat que j'avais senti tout à l'heure s'insurger contre mon ventre... Nous étions dans de beaux draps...

« Tout est si soudain, si bizarre ! » balbutiait avec confusion mon gentil compagnon. visiblement désolé de cette langueur qui l'accablait à présent avec une cruelle insistance. Et il analysait, ainsi que le font tous les hommes dans cette circonstance particulière que représente la panne la plus embarrassante, la plus vexante qui soit pour eux, il disséquait obstinément, pathétiquement le problème, me démontrant, galant mais ambigu, que j'étais seule responsable, puisqu'il devait son impuissance au trop violent désir que je lui inspirais...

A ce moment-là, on pouvait dire que je ne nourrissais à son égard qu'un appétit des plus modérés, car je piaffais contre lui, contre sa joue, son cou, sa hanche, que je couvrais de caresses, hélas ! inefficaces.

Il y eut cependant un court instant de fol espoir, où il s'allongea sur moi avec des soupirs de convoitise. Je me fis accueillante, mais il n'en voulait qu'à mon oreille, où il chuchota : « Je sens que je vais te dire tout de suite que je t'aime. » Au diable les aveux ! Je n'en voulais pas... Nous n'étions pas là pour badiner, mais pour agir énergiquement, fermement... Or ces adverbes semblaient avoir perdu, pour mon partenaire trop tendre, leur sens et leur valeur. L'arme qu'il hésitait encore à brandir aurait peut-être suffi à ma soif de régicide, mais au moment de l'abordage que je suscitai à force de savantes ondulations, nouvel effondrement des troupes !

Me voici seule sur le terrain, avec ma hargne intacte,. dépitée, inassouvie, seule aussi avec un vague regret, et l'image féroce, séduisante, terrible, d'un cosaque aux yeux jaunes qui ne sait pas dire « Je t'aime », mais qui tient sabre au clair au-delà du combat...

Ce souvenir me trouble, et tandis que mon malheureux compagnon abandonne l'assaut et se laisse rouler à mon côté, découragé, résigné à la débâcle, je rassemble mes forces pour museler en moi ce qui ressemble fort à de l'attendrissement.

Halte-là ! Je suis ici par la volonté du peuple... On connaît la suite, et l'on s'inquiète évidemment déjà. Tant pis ! Je me passerai de baïonnette ! Mon héroïsme me sidère moi-même... Je rattrape mon armée en déroute sur le bord du lit. Fi des longues harangues. Un vrai chef de guerre donne d'abord des ordres nets et précis. Ainsi fais-je : « Caresse-moi ! », et comme mon petit pioupiou, rendu plus timide encore par sa défaite, promène sur moi une main hésitante et trop discrète, je le guide, d'une poigne autoritaire et follement indécente, vers le champ des opérations : je place sa dextre au bas de mon ventre, et sa senestre (quel vilain terme !) sur mes fesses.

Je suis à genoux presque au-dessus de lui, et je tiens stratégiquement mes cuisses écartées pour encourager les grandes manœuvres. Voilà du solide, du précis, du concret. La berezina de mon acolyte n'aura pas raison de mon ardeur. Je suis Napoléon au pont d'Arcole, seule contre tous, contre toi, contre lui, et même tout contre, puisque je le chevauche presque...

Mais, nom de dieu ! qu'il est mignard ! Qui c'est qui m'a foutu une femmelette pareille ? Il m'effleure de phalanges circonspectes, et réussit ce tour de force de m'éviter partout où il pourrait me forcer. Allez, soldat ! Je vais te tirer l'oreille, puisque je ne peux même pas te tirer la bite ! Courage !

Ah ! j'ai senti le frôlement léger d'un doigt entre mes fesses. « Entre ! » L'ordre, proféré sur un ton peut-être un peu péremptoire, le panique. « Où ça ? — Là ! — Non ? là ? »

Je vous jure que le dialogue vaut son pesant de capotes — militaires, cela va sans dire. Ah ! on se demande ce que ce garçon vient fiche dans mon bataillon ! Bon ! tout le monde ne peut pas être un tireur d'élite, c'est évident. Il n'est pas fait pour l'artillerie, soit. Adieu, l'artillerie. Je le nomme patrouilleur, et le voilà figé tout autant. Allez, en marche, bleusaille ! Tu ne vas pas faire le planton jusqu'à demain, le devoir t'appelle ! Et comme mes trémoussements ne lui laissent plus aucun doute sur la démarche à suivre, ce tourlourou d'opérette tente, avec une mollesse désespérée, une pusillanime reconnaissance des lieux.

Le siège (il y a des termes prédestinés !) est de courte durée. La résistance qu'il rencontre le fait battre en retraite précipitamment. Qu'est-ce que je vous parie que c'est le baptême du feu ? Je dois avoir l'air surpris et, localement, désappointé. Il m'explique, en exhibant comme une blessure de guerre un index vaguement écorché : « Je ne peux pas, ça me fait mal ! » Non ! La situation vire au Grand Guignol ! J'ai mis la main sur un comique-troupier de vocation, c'est pas possible autrement !

Je crois que je vais céder à l'accablement... Qu'il est donc difficile de brandir l'étendard de la révolte ! Qu'il est difficile de soulever le peuple, de le motiver, de lui insuffler l'ardeur, l'enthousiasme nécessaires !... Ah ! je ne chanterai pas *La Carmagnole,* ce soir... Où es-tu, mon cher soudard, mon seigneur et reître, mon conquérant ?

Je sens venir la nostalgie, la névralgie. La voilà, la rage de dents ! mal de dents, mal d'amour... J'ai mal d'avoir perdu un arquebusier génial, un grognard infatigable, un fervent partisan de l'attaque, un champion de la charge et de la décharge, un boute-feu, un boute-en-train qui n'a pas peur des étymologies, un bagarreur, fracasseur, enfonceur, défonceur, sabreur, braquemardeur, un Attila de l'amour, qui m'a laissée vide et sans défense, mais avide encore de nouvelles batailles...

J'ai le cœur et le corps endeuillés tout à coup, je suis comme Andromaque à la cour d'Epire, lasse, et solitaire, inconsolable veuve d'un guerrier trop aimé, trop bouillant, trop fougueux... « Seigneur, c'est un exil que mes pleurs vous demandent... »

A mon tour de rouler sur le côté du lit... Je viens de réinventer la guerre de Troie, la guerre de trois, quand Hector est trop loin, et Pyrrhus ridicule. Finies mes campagnes, finis mes trophées, mes chimères... L'heure de gloire est passée, les braves s'en sont allés...

Il fait froid, tout à coup, dans la chambre. C'est la retraite de Russie, avec, entre les deux héros dérisoires d'une vengeance ratée, le silence des glaces... Waterloo, Waterloo, morne plaine...

Le coup d'éclat a lamentablement échoué et, le nez au mur, je m'applique à m'en désoler, sourde obstinément à cette symphonie triomphante qui voudrait éclater en moi. Quelle piètre insurgée je fais !

Derrière moi, un faible soupir trouble l'insondable profondeur de ma songerie... Je me croyais seule à Sainte-Hélène. Te revoilà, petit soldat ? Je n'ai plus le cœur à la conquête, tu sais, et toi ? Pas davantage, à ce qu'il paraît. Je t'ai entraîné dans une drôle d'aventure, toi, si doux, si tendre, si délicat...

Le remords m'envahit. J'ai l'impression d'avoir été très mal élevée, et très malhonnête. Cette rencontre va sans doute te laisser un souvenir pénible, un peu humiliant... Il s'en serait fallu de si peu que ça marche entre nous. Regarde, ce n'était pas si compliqué : tu vois comme je suis facile, et perméable à toutes les investigations ? Tu as eu peur de moi ? De mes exigences ? De ma vivacité ? Pourtant, je suis douce aussi. A l'intérieur... Tu n'es même pas venu y voir.

Moi j'aime bien fourrer mes doigts partout dans moi. Devant, derrière. Comment diable n'as-tu pas pu t'introduire par là ? Tu vois, ça entre bien ; il faut passer la porte, pousser un peu. C'est un truc à prendre, un mot de passe à prononcer, une espèce de sésame à apprivoiser. Suis bien : j'entre, je sors, j'entre, je sors... De plus en plus facile, de plus en plus large, de plus en plus moelleux... Et si tu savais comme c'est bon... Rien de plus voluptueux que le cul, quand on sait lui parler. Au bout d'un moment, il n'y a plus rien à faire, il se débrouille tout seul. Regarde bien : je pose mon doigt dessus, à peine, sans forcer. Hop ! c'est magique ! il a disparu ! Chouette, non ?

Ça pompe dur, dedans... On peut jouer avec les murs. A les élargir, à rebondir contre. Absolument délicieux... Si tu appuies vers l'arrière, ça donne des frissons. On dirait que ton cul éclate tout seul, c'est bandant, ça donne envie d'être carrément dégueulasse, ça fout en l'air tout les tabous du monde, ça remonte aux temps immémoriaux où nous étions des animaux sans retenue, des bébés sans contrainte, heureux de se soulager n'importe où, n'importe comment... Les principes d'hygiène et de pudeur nous ont coincé le cul pour toute la vie. Défendu, interdit, répugnant, à jamais caché, à jamais honteux... Quel gâchis !

Moi je me pilonne le cul comme si je suçais mon pouce, avec la même jouissance pleine de défi, le même bonheur de retrouver un geste enfantin, joyeux, libre, superbe...

Et quand j'appuie devant, c'est encore autre chose...

Ça éveille d'autres désirs, d'autres fringales, tu comprends ? Tant pis pour *La Carmagnole,* je danserai la capucine, tu te souviens, cette chanson où l'on frappe chez la voisine ? Je frappe chez la voisine, à travers la cloison. La voisine est chez elle, la voisine me répond...

Ah ! soldat ! oublie Waterloo, reviens à Austerlitz, je me branle partout, partout, tu entends ? Tu entends comme je respire fort, comme je me fais plaisir ? J'ai envie de me faire mettre, petit soldat, j'ai envie d'un gros fût, d'une canonnade terrible, à boulets rouges, j'ai envie de mitraille... Tant pis, tant pis, je vais livrer le combat à mains nues, mais quel dommage que tu aies le chassepot en berne, soldat, je te l'aurais bouffé avec une joie !...

Magie du langage, miracle des mots, prodige d'une poésie vertement efficace ! Ce que mes caresses n'ont pu obtenir m'arrive tout naturellement, au moment où je m'y attends le moins : voici ma recrue qui saute soudain entre mes genoux, telle un diable farceur, la bite en avant. « Sers-toi ! Mais sers-toi donc ! »

Trop tard, piou-piou, trop tard, je suis déjà partie !... Mais viens tout de même, c'est de bon cœur... Lâche la salve d'une victoire un peu tardive, mais qui nous laissera du moins sur une charmante impression...

La prise de la Bastille, c'est pas pour aujourd'hui, et c'est pas pour nous deux, mais il eût été dommage d'abandonner le terrain sans avoir au moins tiré un coup !...

Au revoir, compagnon, sans rancune. Je rallierai bientôt une autre bannière, plus farouche et plus dure, et que j'ai regrettée aussitôt que trahie...

En tirant la porte derrière moi, ce soir-là, en disant au revoir à mon amant d'un quart de minute, j'ai su que je saluais en lui tous les petits, les obscurs, les sans-grades, tous ceux qu'un capitaine hardi enfonçait, d'un coup de sa botte de hussard, d'un coup de son épée téméraire, dans l'ombre de l'anonyme banalité...

Et, venue célébrer le putsch du siècle, je repartis avec, au cœur, le triste dégoût d'un déserteur repenti, et l'enivrant espoir de marcher encore au pas du soudard bien-aimé...

CHAPITRE XIV

La musique est partout. Elle tombe du plafond, alvéolé, lumineux, futuriste. Elle rebondit entre les murs, tendus d'un matériau épais, indéfinissable, moquette, bois, carton, un matériau à la fois creux et chaud, qui résonne bien. Elle surgit du sol et vibre dans vos pieds. On est entièrement pris dans une bulle de musique ininterrompue, entièrement possédé. Les dossiers de velours où l'on s'appuie chantent et tremblent, et les notes viennent éclater dans vos épaules, dans votre poitrine, dans votre ventre. Du coude posé sur la table, on écoute des fréquences étranges qui habitent aussi les verres, les bouteilles et se mettent à ramper dans vos bras et jusque dans vos mains.

Sentir la musique avec tout son corps à la fois, n'être qu'un immense tympan, un immense tambour infiniment tendu, infiniment sensible, et gronder de toutes les ondes, de tous les chocs qui s'y répercutent, c'est fascinant, c'est enivrant. On oublie, à cette expérience, qu'on puisse vivre autrement qu'en bougeant sur des rythmes fous, autrement qu'en dansant.

Dans cette boîte où tu m'as emmenée, l'accoustique est un miracle. J'ai commencé, à peine entrée, une fulgurante métamorphose : je me suis mise à devenir un instrument. Cordes et cuivres et percussions à la fois. D'abord, j'ai cherché les baffles, naïvement. Là-haut, peut-être. Non, dans ce coin. Non, derrière moi ! Par terre ? Non, partout. Partout et nulle part. Les accords, les arpèges, les mélodies viennent au monde à travers un gigantesque et invisible pavillon, que je porte presque en moi... Voilà, je suis enceinte. Enceinte de musique... Et j'invente des airs jusqu'alors inconnus, des partitions étranges, des échos oniriques, des stridulations archangéliques. Les trompettes du jugement dernier et les tam-tams se marient en moi pour un mixage bizarre et enthousiasmant.

Je m'abandonne à cette création à double sens, cette recréation de l'univers, cette récréation, cette parenthèse dans ma vie, ce moment sans date et prodigieux. J'ai l'impression de composer et de renaître en même temps, redéfinie par d'autres critères, repensée pour une autre façon d'exister...

Tout ici est fait pour favoriser l'évasion et l'exaltation. Les lumières bougent, ondulent, clignotent, éblouissent sans éclairer, surprennent, hypnotisent. Ce sont les symboles d'un monde artificiel, aux astres fictifs, aux teintes insolites.

Sous leurs faisceaux, nous perdons notre identité en perdant la couleur de nos vêtements, de notre peau, de nos cheveux et de nos yeux. Je te regarde depuis tout à l'heure, fascinée par tes dents phosphorescentes et ton regard presque orange. Je savais déjà que tu étais le diable, mais il a fallu cette descente aux enfers, une rue sombre, une impasse, trois marches en contrebas, une porte bien gardée, il a fallu ce voyage dans un monde de ténèbres et de cris, de fumée et d'éclairs mauves, pour te découvrir enfin comme je t'avais toujours imaginé : Satan en personne, avec des flammes dans les prunelles, et le rictus bleuté, inhumain de cette mâchoire carnassière...

Des rayons se croisent et se recroisent sur le tempo d'une musique sauvage, des phares s'allument, tournent, et une pulvérulence de petits grains de lumière se met à pleuvoir sur nous, comme une neige électrique.

Je suis des yeux, hallucinée, la chute d'un de ces atomes étincelants, et le vertige me saisit. Il faut dire que les poppers ont circulé, et que nous avons, moi surtout, sacrifié au rite... Les vapeurs magiques commencent à faire effet, je me dilate aux dimensions de la salle, en rêvant d'espace intersidéral et de comètes éblouissantes, tandis que mon corps, toujours à l'écoute, reçoit et diffuse des harmonies hurlantes, des clameurs apocalyptiques et géniales...

Au milieu de la pièce, tout à coup, un grand vide s'est fait, délimité par le cercle parfait d'un faisceau luminescent. La musique s'est tue, comme pour se préparer à un nouvel assaut, plus impérieux encore. Silence brutal, inattendu, incongru, que personne ne songe à troubler...

Et soudain, miraculeusement, surgis d'on ne sait où, ils ont bondi sur la piste, comme propulsés par le premier cri d'un instrument curieux qui se met à haleter dans l'ombre. Ce sont deux grands nègres prodigieux de beauté. La lumière très blanche qui les éclaire les nimbe d'un halo irréel. Ils resplendissent positivement, fauves et mordorés dans leur écrin opalescent, identiquement parfaits de force et de souplesse. Ils dansent sur une mélopée lancinante et barbare, mugie par un appareil sans nom, sophistiqué, hybride, plus ordinateur que piano, mais scandée aussi par des calebasses primitives. Cette alliance de sons millénaires et de résonances nouvelles engendre un climat intemporel et fantastique.

Les deux Noirs se tiennent d'abord face à face, jumeaux, absolument semblables depuis leur courte toison crépue jusqu'à leurs pieds solides qui martèlent le sol comme de larges battoirs. Ils sont nus, à peu de chose près : un minuscule cache-sexe rouge, éclatant comme une blessure, plus tape-à-l'œil que pudique, qui marque le bas de leur ventre sombre d'une voluptueuse et sanglante coquille.

Je suis captivée par leur chorégraphie, instinctive et cependant savante, qui les fait sauter, rebondir, s'accroupir pour se redresser encore, et bouger partout à la fois. Leurs épaules, leurs bras écartés, leurs fesses, leurs hanches, leurs cuisses luisantes, d'un bel acier uni, scandent un rythme entêtant et magique, irrésistible.

Ils miment à présent une sorte de combat, puissant et gracieux, dont on ignore l'enjeu. Ils se cherchent du regard, des mains, des pieds, s'évitent, se narguent, se rapprochent et s'écartent, avec une expression hagarde et passionnée, un masque tragique de tension, une grimace qui plisse leurs yeux, remonte leurs pommettes saillantes, entrouvre leurs lèvres épaisses.

Tout à coup, l'un d'eux, en tournoyant, glisse ses pouces dans la cordelette qui retient son cache-sexe, contre ses hanches. Les attaches cèdent avec une facilité préméditée. Le cordon était si tendu qu'au moment où il se rompt, on voit se dresser une fraction de seconde deux minuscules serpents rouges qui fouettent l'air, et puis tout tombe, la cordelette et l'étoffe incarnates.

Le danseur, désormais totalement nu, entame une série de bonds frénétiques et comme il nous tourne le dos, nous pouvons entrevoir, entre ses cuisses musclées, sous ses fesses de statue, une impressionnante paire de couilles brunes qui voltigent comme les battants d'une cloche folle.

L'autre, qui nous fait face, succombe ostensiblement à une théâtrale hypnose : la prunelle arrondie et la bouche entrouverte qui parodient l'effroi, il garde les yeux fixés, tout en continuant à se trémousser, sur le bas du ventre de son partenaire, sur cette bite que nous ne voyons toujours pas mais que nous devinons farouche et étonnante.

L'attente dure, savamment orchestrée... Je ne suis pas loin de me laisser aller, moi aussi, à la fascination : une fascination plus discrète, mais plus sincère que celle du comédien, au pubis duquel éclate encore la fleur écarlate d'un érotique flamboyant. Je contemple à quelques centimètres seulement de notre table, les épaules miroitantes d'un athlète d'ébène, les muscles ronds qui roulent dans son dos au rythme des tam-tams, ses fesses altières, nerveuses, ses jambes infatigables, et ses couilles somptueuses, impudiques, insolentes, accessibles à hurler parce qu'il s'ingénie à des mouvements accueillants et lubriques, cuisses ouvertes, croupe tendue... Si j'allongeais la main ?...

Pour tromper la tentation, j'inhale un petit coup, secrètement, à même l'ampoule d'acide. Le sortilège opère très vite : cette bouffée clandestine m'enfièvre l'imagination. Je sens positivement dans le creux de mes paumes ces deux balloches superbes qui continuent leur ronde époustouflante. Jamais des valseuses n'ont si bien porté leur nom... Je crois les tenir, en presser la masse chaude et moite, et percevoir du pouce, à travers leur enveloppe velue, hérissée comme une chair de poule, les deux fruits qui s'y logent, durs, ronds, juteux, mobiles sous le doigt, affolants.

J'ai du mal à rester assise sur cette banquette, et l'impression de brûler dans ma culotte. Malgré moi, je danse, en même temps que les nègres, et je suis du bassin la cadence forcenée de leur musique, en soulevant une fesse après l'autre, très vite, mais très soigneusement, et ce mouvement alternatif et suggestif m'écrase la chatte sur le velours du siège et m'ouvre le cul...

Ce que ces nègres m'excitent ! Et celui-là qui ne se retourne toujours pas ! Et l'autre qui conserve son cache-sexe ! L'impatience me coupe la respiration... J'attends le spectacle de leurs queues avec une ferveur à la limite de l'angoisse...

Tout à ma contemplation, j'oublie de te regarder, mais je te sais là, à mon côté, attentif à mes ondulations. Je te cherche du flanc, m'appuie contre toi de l'épaule jusqu'au genou, goûte ta tiédeur et ton accueil, et pose la main sur ta cuisse...

L'étoffe de ton pantalon se prête exceptionnellement à la caresse, à l'investigation. Je n'ai pas à te peloter longtemps pour trouver sous mes doigts ce que j'espérais : un gourdin de chair, tendu, gonflé, vibrant sous le frôlement, fidèle et docile, recueilli. Je l'agace de l'ongle, du bout jusqu'à la racine, puis, obnubilée, affriolée par le derrière monté sur ressort du Noir qui nous ignore toujours, par ses burnes en folie, par la slipette de l'autre, charnue, visiblement alourdie d'un morceau assez considérable, je te branle sous la table, si énervée que je ne songe même pas à te déboutonner...

« Ah ! » L'assistance n'a eu qu'un cri, un peu étranglé, un peu rauque. Le plaisir suscité par la première fusée d'un feu d'artifice, en plus intimidé, en moins innocent aussi : le nègre s'est retourné... Il est précédé, sur un joli nombre de centimètres, par une véritable colonne, brune, laquée, secouée d'une vie qui lui semble propre...

Le ventre en avant et les mains réunies sous ses couilles, comme pour une offrande de prix et de poids, il exécute un tour de piste à petits sauts spasmodiques, effleurant avec malice les spectateurs du bout de cette trique phénoménale, qui oscille devant lui sans abdiquer.

Le voici devant nous, tout près, si près que j'aperçois la crevasse humide et pourpre qui lui zèbre le gland, et, l'espace d'une seconde, j'en imagine la profondeur, la souplesse et le goût sous ma langue... La sensation est si vive qu'elle m'inquiète... Plus de reniflette pour ce soir, ou je vais devenir folle...

Mais le ballet, soudain, vire au drame. Avec les expressions caricaturales des acteurs de films muets, les danseurs interprètent à présent une histoire sulfureuse. Le combat et le défi, un instant interrompus par l'exhibition spectaculaire de l'un d'eux, dégénère en une espèce de course-poursuite extraordinaire. Car ces deux géniaux chorégraphes réussissent le tour de force de courir sur place. L'illusion est parfaite. Tout y est : l'appui élastique du pied au sol, l'élan et la détente de la jambe opposée, l'effort des avant-bras qui vont tour à tour chercher la vitesse et l'espace, le bond qui les propulse et s'achève pourtant toujours au même endroit. Ils courent l'un derrière l'autre, éperdument, comme si leur vie en dépendait, coudes au corps, tête baissée, et les percussions se déchaînent dans l'ombre, accompagnées et soutenues par la respiration chuintante d'un monstre musical, d'un instrument sans nom qui simule l'essoufflement et l'horreur...

A l'épouvante qu'on peut lire sur les traits du poursuivi, à la sombre détermination qu'affiche le poursuivant, rictus de gourmandise cruelle et trique inexorable, on comprend l'argument : s'il l'attrape, il le baise...

Autour de la scène, le silence est éloquent. Chacun en son cœur attend, espère, redoute... Encore tourneboulée par mon coup de snif de tout à l'heure, je me prends passionnément au jeu. Je tremble, je halète et je fuis avec ce géant obscur et terrorisé. « Sauve-toi ! Sauve-toi !

Cours ! Il arrive ! Il est là ! Il va t'attraper ! Il va te niquer ! Fonce ! Le voilà !... »

La distance qui les sépare s'est imperceptiblement, diaboliquement réduite. Le chasseur lance la main en avant, une fois, deux fois... Ça y est, il a touché sa proie ! Non pas encore, elle se débat, lui échappe en s'envolant littéralement, et, dans son effort, perd son cache-sexe qui reste au poing de l'assaillant.

Ah ! le tableau vaut le coup d'œil ! Ces Africains sont décidément jumeaux jusqu'à la bite ! Ils courent maintenant de profil, en enfilade, si l'on peut dire, et l'effet est saisissant. Ils bandent toujours l'un et l'autre avec une santé, une énergie, une conviction formidables, d'un pieu également magnifique.

L'admiration et l'appétit me donnent des fourmis dans les doigts, des frissons partout. J'ai trouvé la fermeture de ta braguette, et tu te prêtes obligeamment, en cambrant les reins, en écartant les jambes, à ma manœuvre d'extraction. J'ai sorti ta queue qu'un caleçon complaisant ne brimait pas trop, et, toujours sous la table, je m'y cramponne avec une ardeur éloquente. Elle glisse dans ma main, docile, un peu gluante, et son contact achève de me bouleverser. J'ai envie de te tirer comme jamais, j'ai envie de te malmener, de t'astiquer, de te faire mal, tu sens comme ma main est féroce, impatiente, exigeante ? Je veux ton bout tout nu le plus loin possible, je veux te décalotter jusqu'à la douleur, très haut, à toucher les poils, tirer sur l'enveloppe pour tendre le barreau, gonfler le gland, l'écarteler...

Et puis très vite, je rhabille tout. Fermé, cousu, hermétique. Je tiens le prépuce bien fort, serré, on pourrait faire un nœud, un paquet-cadeau, avec, dedans, la bite toute dure, prête à jaillir, comme une grosse banane dans sa peau...

Non, elle ne sortira pas, je la jugule, ça te tire les couilles en avant, tu sens ? Allez, je vais lâcher du lest, mais doucement, tout doucement. Millimètre par millimètre. C'est démoniaque. Il faut que l'escargot sorte de sa coquille le plus lentement possible, que je contrôle absolument la situation à chaque fraction de seconde. Ensorcelant.

Peu à peu, peu à peu, je relâche la pression, peu à peu le nœud pousse et se fraye un passage à travers mes doigts, dilate l'orifice que je tiens fermement, naît au ralenti dans ma main extasiée. La tête est en train de passer, dure, ronde, glissante, et la peau recule toujours...

Sous nos yeux, le terrible prédateur vient enfin de bondir sur son gibier et de le terrasser. Il le maintient accroupi, en pesant sur ses épaules de ses deux bras puissants. La musique n'est plus qu'un roulement de tambour très lointain, lancinant. Petit à petit, la victime abandonne la lutte, épuisée, capitule des deux mains qu'elle pose à terre, et l'autre en profite pour tenter une reconnaissance concupiscente des lieux. Les genoux écartés de part et d'autre du vaincu, il promène sur son cul un gourmi démentiel, se balançant d'un pied sur l'autre pour mieux le diriger et s'immobilise un instant avant l'assaut final, la pointe de son pieu exactement entre les fesses de son partenaire, qui, désormais, personnifierait totalement la soumission, s'il n'avait entre les cuisses cette hampe révoltée qui bat la chamade...

Dans ma main, ton zob poursuit sa progression régulière. Je serre à présent la base du gland, qui émerge de ma paume comme un as de pic, et le contact du col roulé qui persiste à descendre m'incendie autant que la représentation à laquelle nous assistons : le nègre triomphant, sûr de sa victoire, prend le temps s'assurer sa prise : de ses mains passées sous les aisselles de sa conquête, il l'attire à lui, se plaque étroitement contre le cul qu'elle lui offre, et célébrant sa brutale invasion d'un cri sauvage, il l'encule tout à coup jusqu'à la garde.

Je vis la scène en trois dimensions : j'ai le relief dans ma main droite, qui continue à évoluer insensiblement. Je touche à nouveau du poignet ton pubis : ta queue est dévêtue, incandescente, mouillée par ce long strip-tease où elle s'est échauffée. Je me trouble, à la tenir ainsi, au-delà de l'habitude, déboussolée complètement par ce viol en direct, où le bourreau et la victime continuent à danser l'un dans l'autre, à ponctuer des soubresauts du rut une mélopée envoûtante.

Je suis d'un regard scrutateur, d'une attention enfiévrée, les longs va-et-vient de ce Tamango forcené, aux hanches inlassables, je mesure, à la distance qui le sépare de son amant, lorsqu'il recule sans pourtant déculer, l'ampleur du barreau dont il le lime. L'autre est magnifique sous la torture... Il a redressé la tête comme un cheval cabré, sur son ventre sa bite bat follement, et sur son visage passe l'expression hagarde des martyrs, terreur et extase partagées.

Une convoitise infernale m'embrase tout entière... Je donnerais dix ans de ma vie pour me faire éclater le cul sous l'assaut de ce noir étalon... Tout bouge en moi ; j'ai l'impression d'être béante, à force d'appeler, devant et derrière, surtout derrière. Il me semble que je mouille partout, même là, et je ne suis pas la seule. Dans ma main frénétique, qui s'est mise à te secouer le manche avec violence, à l'encapuchonner et à le décapuchonner furieusement, tu viens de lâcher une bouillie épaisse, chaude et visqueuse qui m'affole, et je t'en barbouille consciencieusement la bite, ce que je peux attraper de tes couilles, de ton pubis, comme pour me souder à toi... Effectivement, ma main demeure un instant illusoirement collée à ton ventre et je me délecte, avec une ivresse exagérée due sans doute aux poppers, du contact poisseux de ton foutre qui commence à sécher...

Dans le halo de lumière, devant nous, ils baisent toujours, régulièrement, puissamment, avec une amplitude de plus en plus convaincue. La queue de l'enculé est devenue absolument dingue, elle marque, entre ses cuisses, une mesure régulière et fabuleuse, et tout à coup, comme l'autre arrête son pilonnage et s'immobilise, la nuque renversée et les yeux au ciel, la voilà qui éclate en une ondée onctueuse, généreuse... Je suis presque étonnée de la voir juter blanc, cette queue de marbre noir... Et quelle abondance ! C'était bien la peine de te sauver comme ça, hypocrite, de trembler comme ça, pour te faire tringler avec cette joie et foutre à n'en plus finir ! Jolie découverte ! L'oncle Tom est une tante !

Une perfide jalousie me tourmente toujours le fondement, et, tandis que les acteurs abandonnent le plateau sous les applaudissements humides (je ne dois pas être la seule à m'être fait amidonner la main), je demeure sur un pénible sentiment de frustration...

Les lumières et la musique ont changé... Il fait presque noir à présent, et la poussière en suspension dans l'air étincelle dans les rayons mauves qui tombent du plafond. Les tensions s'apaisent sur un slow langoureux, et j'écoute décroître en moi les battements de mon cœur, que le show précédent à quelque peu surmené. Si nous dansions ? Je serrerais contre toi mon émotion, mon trouble, je me ferais câline, et j'oublierais peut-être ma fringale inassouvie...

Comme j'ouvre la bouche pour t'inviter, ta main se pose sur la mienne, impérieuse, pressante : « Regarde ! » Tu n'as même pas tourné la tête vers moi, tu fixes quelque chose, de l'autre côté de la salle, quelque chose qui semble te passionner. Je cherche des yeux un court instant dans la direction que tu m'as indiquée d'un vague signe du menton, et je l'aperçois bientôt. Elle est superbe. Et on ne peut plus en accord avec cette soirée exotique.

C'est une grande mulâtresse très apprêtée qui ondule languissamment dans un fourreau de soie bleue, et caresse ses épaules nues à la blondeur artificielle de sa longue chevelure de vamp. Je conçois qu'elle te plaise. Elle danse seule, visiblement satisfaite de son corps, de sa robe qui la révèle plus qu'elle ne la couvre, de ses seins si tendus sous l'étoffe qu'on en devine les bouts durs et agacés, de sa taille souple, de ses hanches rondes, de sa croupe avenante...

Son ventre surtout est captivant, légèrement bombé, moulé avec une telle indécence de l'estomac jusqu'au pubis qu'on décèle, à travers le tissu, le creux du nombril et l'émouvante épaisseur de la toison.

Les vapeurs d'acide m'ont donné toutes les audaces. « Tu la veux ? » J'ai chuchoté dans ton cou, et ton regard intéressé, presque incrédule, m'a déjà récompensée. Laisse-moi faire, je vais t'arranger un coup magnifique...

Je me faufile à travers les couples enlacés qui tanguent sur la piste, je glisse jusqu'à elle en jouant des fesses et des épaules. J'y suis. Tout contre elle, à sentir son parfum et ses effets de reins. Elle ne s'aperçoit pas de ma présence ; elle a l'air perdue dans un monde à part. J'effleure son coude, et, comme elle ne réagit pas, j'y pose ma main. Ah ! Tout de même ! Elle me voit ! L'entrée en matière ne m'embarrasse pas trop. Je lui montre l'ampoule à mirage que j'ai gardée dans la paume : « Ça te dit ? » Elle secoue la tête : « Non, j'ai ce qu'il faut... », mais elle s'est arrêtée de danser, et elle attend la suite. Sa voix est grave, chaude, mais finalement plus pâteuse que sensuelle, et elle sent un peu l'alcool. Tant mieux, ce sera plus facile.

« Tu vois le type, là-bas ? — Assis ? — Oui, en rouge. — C'est une affaire ? — Je te crois ! — Viens me le présenter aux toilettes !... »

Quel univers particulier ! L'extrême simplicité de la démarche m'a presque déçue. Je reviens vers toi assez peu fière de cette victoire trop aisée. D'un geste je te convie à me suivre, et tu obéis sans commentaire. Tu pourrais au moins avoir l'air surpris !...

Au sous-sol, elle est déjà là, à s'examiner dans la glace, penchant, au risque de les défenestrer, ses seins magnifiques au-dessus de la vasque rose d'un lavabo de luxe. Elle nous aperçoit dans le miroir, se retourne. Joli minois, en vérité, sûrement revu et corrigé par une chirurgie dite esthétique, qui régularise et banalise en même temps nez, paupières, mâchoires...

Son visage est absolument parfait, absolument stéréotypé : yeux en amandes, pommettes un peu kalmouks, petit nez droit, bouche charnue, boudeuse à souhait, menton ovale... J'ai déjà vu cent fois cette frimousse sur des couvertures de magazines, au cinéma, et, bien sûr, dans quelques boîtes comme celle-ci.

Les présentations ne seront pas ardues, entre toi que je fréquente assidûment et elle que je connais sans l'avoir jamais croisée. Peut-être va-t-elle te demander de l'argent ?...

Tu la détailles avec un certain plaisir, pris au piège de son impersonnelle beauté, et je ne t'en veux pas d'apprécier ainsi mon cadeau. Elle te contemple aussi, sans répulsion... Bon, l'examen a assez duré, passons au protocole d'une rencontre cordiale et tout à fait de bon ton.

J'hésite un quart de seconde, car je me rends compte soudain que j'ignore son prénom, et qu'il va être difficile de sauver les apparences dans ces conditions. Je ne pourrai pas dire : « Voilà, je te présente cette fille que tu as regardée tout à l'heure en train de danser... » Peu importe, je puise dans mon reliquat d'ivresse le courage de me lancer à corps perdu dans l'improvisation la plus saugrenue qui soit, lorsqu'elle annonce, péremptoire : « Tous les deux à la fois !... »

... Mon Dieu, qu'à celà ne tienne, je ne dis pas non, et je pense que, ouvert à toutes les expériences comme tu l'es, tu ne verras pas d'objections au projet. Notre silence sans réprobation l'encourage simplement à poursuivre. « Où et quand ? » t'entends-je penser et je me joins muettement à ton attente. D'un index renseigné, elle répond, tout aussi tacitement, à notre question. Ah ! le dialogue est concis ! On n'est pas dans un film de Cocteau, il s'en faut ! Espérons que l'action, au moins, compensera la bande son défaillante.

L'ongle laqué d'incarnat qu'elle a pointé sans l'ombre d'une hésitation désigne une petite pièce attenante, une sorte de réduit ouvert, mais discret, assez sombre, intime, gardé par un semblant de rideau et étouffé d'épaisses fougères. Il n'y a pas à barguigner, c'est là et tout de suite. Bref coup d'œil de connivence entre nous : Chiche ! Et nous lui emboîtons le pas.

Dans l'alcôve, derrière le feuillage des plantes vertes, il y a une penderie dont les cintres vides nous rassurent sur le peu de passage dans les lieux, un gros porte-parapluies de cuivre également désert, et une sorte de fontaine de salon, à la robinetterie compliquée. On se croirait dans le vestiaire d'un hôtel chic.

Notre hôtesse, qui semble bien connaître l'endroit, attrape d'un prompt coup de patte le gland de l'embrasse qui retient le rideau. Nouveau regard de complicité : « Tu as vu ? — Oui, plutôt bon signe ! » Le rideau, libéré, masque à présent les trois quarts de l'accès au cagibi, qui s'est encore obscurci. Nous voici tous les trois dans l'étroite et chaude pénombre d'un cabinet de trois mètres de côté, abrité des regards indiscrets par le brocard d'une portière qui sent un peu la poussière et l'antimite.

Cette atmosphère me grise. Mais pas question de m'abandonner aux délices de l'ambiance : notre compagne, qui visiblement a le sens des réalités et la phobie du temps perdu, nous secoue, nous violente, nous dispose. « Toi, t'ordonne-t-elle sur un ton sans réplique, tu m'encules ! », et, joignant les gestes à la parole, en une seule seconde, elle vire sur elle-même, te tourne le dos, remonte hâtivement de la main gauche l'étroit fourreau qui la moule, te tend les fesses, et me pousse un peu, de la main droite pour s'emparer de la savonnette qui flanque un des cols de cygne du lavabo, laquelle savonnette disparaît derrière elle pour, du moins je le suppose, une onction des plus intimes, et réapparaît aussi prestement, ayant rempli son office... Elle la jette au jugé dans la cuvette où je l'entends tomber.

Mes yeux, encore mal habitués à l'obscurité, ont deviné plus qu'ils n'ont véritablement vu tout cela, et j'en suis encore à m'interroger sur l'itinéraire exact de cette savonnette, sur ta réaction, cherchant l'éclair jaune de tes prunelles allumées, lorsqu'elle me touche d'un doigt autoritaire : « Toi, tu me suces ! » déclare-t-elle, et, de sa main sur mon épaule, elle m'incite à plier, à m'agenouiller devant elle. Que cette drôlesse est donc rapide ! Mais il y a dans sa précipitation toute une organisation raisonnable qui me séduit assez...

Elle se tortille un peu, suscitant ton désir de son cul qui se frotte à ta bite, et je présume que tu t'es déjà déboutonné dans son dos... Moi je suis à ses pieds, entre ses jambes délicieuses, royales, satinées, que je caresse avec des fourmillements de plaisir plein les phalanges. Du dessus de mes mains je remonte l'intérieur de ses cuisses, qu'elle ouvre pour mieux nous recevoir, toi et moi, et j'arrive à sa chatte encore recouverte par le bas de sa robe. Je roule la soie sur son ventre, prête à découvrir son pelage et à y fourrager à pleine bouche, mais je trouve sous mes doigts, avec l'étonnement qu'on devine, le contact d'un étrange textile plutôt raide. Qu'est-ce que c'est que ça ? Pourtant, j'ai aperçu ses fesses quand elle s'est troussée pour toi à l'instant, et je jurerais qu'elles étaient nues. Un cache-sexe ?

Ça m'en a tout l'air, je commence à discerner, effectivement, dans l'ombre, un triangle blanc sur son pubis renflé. Mais quelle drôle de texture ! Un peu ciré, comme une espèce de gomme... Rien d'arachnéen, en tout cas. Peut-être une dingue du caoutchouc ? Je cherche l'élastique de cette culotte bizarre pour l'en débarrasser, mais elle se dérobe, recule du bassin pour m'échapper et en même temps s'offrir à toi, plie sur ses jambes écartées, me tient d'une main posée sur ma tête, une main qui signifie « Attends », à l'écart de ce qui se trame devant moi, et, le menton sur l'épaule, t'exhorte derrière elle à l'invasion : « Allez ! Vas-y ! Entre d'un coup, raide et profond, bien loin, je veux sentir tes couilles ! »

C'est le genre d'ordre qu'il ne faut pas te répéter deux fois. Je perçois ton abordage de rude boucanier... Elle a presque ployé, bousculée au-delà de ses espérances, presque craqué. Branle-bas de combat ! Il y a de la tempête dans la mâture ! Ah ! Tu ne connaissais pas le flibustier, ma belle ? Il a la rapière efficace et précise, tu t'en rendras vite compte !...

J'ai un instant la tentation de me relever pour l'étayer contre le choc, car l'accostage l'a passablement ébranlée, et tu la secoues à présent d'un estoc si vif qu'elle va me tomber dessus, c'est sûr ! Mais en fait, elle semble rodée à ce genre d'affrontement, et, la première bourrade passée, elle a durci ses positions, s'est campée solidement sur ses escarpins, cambrée démesurément pour profiter à fond du fleuret dont tu la pourfends avec allégresse...

Alors, et ce slip ? Je reviens à mes recherches, de plus en plus perplexe. Pas de cordon, pas d'élastique, pas de ficelle... Mes mains s'énervent dans leurs fouilles stériles. Nom d'un chien, ce truc-là tient tout seul ! Je comprends en même temps que, d'un geste brutal, elle l'arrache d'un seul coup. Crac ! Un énorme emplâtre de sparadrap, pour cacher quoi, je vous le donne en mille ! Une putain de bite qui se déploie à la vitesse de la lumière sous mes yeux incrédules...

« Tiens ! C'est pour toi ! » précise-t-elle (précise-t-il) en m'attrapant par les cheveux et en m'attirant vers l'objet de mon ahurissement. Alors là, je ne vous dis que ça ! Je doute un instant de ma lucidité. J'ai peut-être trop snifé ? Les mains en éclaireurs, tous les sens en alerte, je scrute, je hume, je palpe, je goûte la chose. Pas de doute, c'est un paf, un vrai, avec une paire de roubignolles, glabres, comme le pubis (sparadrap oblige) mais en bon état de marche, qui me roulent dans les doigts, durcissent, s'arrondissent... Le manche aussi fonctionne, va, vient, coulisse, mouille...

Une histoire de fous qui me coupe la voix, et ça vaut mieux, parce que cette créature onirique, fellinienne, aux seins comme des melons, au cul de déesse, vient de m'enfourner son énorme pine dans la gorge, sans me laisser le temps de prendre l'inspiration nécessaire à ce genre d'exercice. Tragique destin, je vais périr étouffée par la bite impitoyable de ce travelo que tu bourres à tout-va, et tu seras indirectement responsable de ma mort, puisqu'à chacune de tes poussées dans son cul, son nœud vient me chatouiller la glotte, m'obstruer la trachée, et m'arracher le sourd et convulsif aboiement qui précède la nausée. Tu n'entends pas ?

Arrêtez-vous ! Arrêtez-vous, au secours, je vais mourir, ou, tout au moins, je vais vomir là, par terre, sur les fougères !

Sale affaire...

Je cherche à résister, à freiner l'enthousiasme qui la propulse jusqu'au fond de mon gosier, mais elle me cramponne avec une poigne de fer, violente, saccadée, qui en dit long sur les sensations que nous lui produisons, moi, hélas ! bien involontairement. Tu la bourres toujours, je t'entends presque ahaner comme un bûcheron qui jette la cognée, ou plutôt le manche, et je perçois les ondes de tes chocs à travers ses frémissements et ses oscillations. Ah ! c'en est trop ! Cette bougresse va réussir à m'arracher la luette, en voilà assez, nom d'une pipe ! Et de deux paumes bien décidées, plaquées sur son pubis, pouces en dessous pour en même temps influencer ses bijoux de famille, je la repousse et la maintiens à une distance raisonnable, reprends enfin une inspiration à pleins poumons, et refais surface avec le soulagement de celui qui vient d'échapper à la noyade. C'est la première fois qu'une bite m'aura vraiment coupé le souffle !...

Cette révolte n'est pas du goût de mon androgyne qui cherche à forcer, du bassin, le barrage de mes lèvres, et malmène frénétiquement ma chevelure. S'il continue, je vais lui mordre la queue... Et comme son agitation, loin de s'apaiser, semble se muer en furie, je feins, avec une certaine répulsion tout de même, de serrer les incisives autour de ce gland dont il m'assaille de plus en plus brutalement. Ma menace n'obtient pas l'effet escompté : voici ce détraqué qui se met à grincer des dents et à grommeler avec des accents qui frisent la démence. « Oui, oui, mords-moi ! Bouffe-la ! Vas-y ! Mords ! Plus fort ! » Ma parole, il est dingue ! Un cinglé de l'amputation ! Je ne vais quand même pas lui raccourcir la zobanche ! Y a des cliniques pour ça ! Si tu veux te faire faire la chatte, va à Casablanca, mon vieux, compte pas sur moi !

Toujours à genoux, les mâchoires crispées, les avant-bras tendus pour endiguer l'incursion, les cheveux à la torture, je forme les vœux les plus ardents pour que tu jouisses vite, et qu'on s'en aille loin de cet hermaphrodite hystérique qui se tord maintenant comme un brûlé vif sur le bûcher. Hélas ! C'est mal te connaître ! Tu aurais l'impression de bâcler, de ne pas savoir profiter de l'aventure si tu t'abandonnais à un plaisir trop prompt. Tu veux la combler d'abord, la surprendre d'une queue robuste, increvable, tu veux qu'elle gémisse, qu'elle se rende, qu'elle supplie, qu'elle s'exclame, s'extasie, qu'elle halète, crie, rugisse et danse, échevelée, sous ta baguette magique. Si tu savais, si tu savais ! Car, c'est évident, tu ne sais rien... Tu es resté derrière elle, à respirer dans ses cheveux, à t'étourdir de ses ondulations, à t'appliquer à la fourrer, et je ne vois de toi que tes mains sur ses seins, qui ont fourragé dans l'échancrure de la robe jusqu'à les libérer, et qui les malmènent à présent, les écrasent, les compriment avec une volupté de damné...

Ah ! Mon chéri, c'est un feu d'artifices qui t'embrase, et tu l'ignores. Hormones et silicone, sorcellerie des temps modernes, alchimie encore balbutiante et déjà terrible d'un siècle en marche vers l'ambiguïté...

Si tu savais qu'au bas de ce ventre que tu cherches à dompter vibre une trique semblable à la tienne, que cette créature dont tu mords la nuque, dont tu patines les seins à pleines paumes, dont tu farcis le cul avec maestria, bande à la rencontre de mes dents, de ma langue, de mes amygdales, me tire les cheveux pour que je lui taille la plume la plus ébouriffée de l'histoire, me lâche soudain la crinière pour guider mes mains sous ses couilles enflées et frémissantes, les y aplatir, et réclamer, du geste et de la parole, la caresse cuisante, enfiévrée, dont l'impulsion me manque...

« Ecrase-moi ! » répète-t-elle hagarde, éperdue, et tu ne sais toujours pas, mon chéri, que ce fou, cette folle, veut que je lui concasse les burnes avec un sadisme qui me fait cruellement défaut... Ah ! Je me sens petite, et si désarmée, et si pacifique !... Ce type me fait de la peine dans sa pathétique quête de la souffrance. Faut-il chaque fois qu'il mette en scène, pour jouir, un simulacre de castration ? Moi qui aurais parfois tellement envie de posséder une pine, pour t'en forcer, en assurer ma possession et mon pouvoir sur toi, en visiter tes entrailles chaudes et serrées, et te sentir m'appréhender d'abord, me redouter, puis, peu à peu, m'accueillir, me faire une place, me pomper...

Ah ! triste vie ! Triste vie de celui qui le renie, qui le refuse, triste bite que cette bite-là, jugulée au sparadrap, clandestine, recroquevillée, pansée comme blessure, pensée comme une maladie honteuse, et j'allais dire « bandée » ! Triste queue suicidaire qui s'écorche à mes dents, réclame la guillotine d'une morsure expéditive et vengeresse...

Je n'ai pas le cœur à te mordre, pauvre trave encombré d'une virilité indésirable, paradoxale, incongrue, je n'ai pas le cœur à t'obéir, à t'écraser les couilles, à te massacrer, à humilier encore ce que déjà tu caches et tu bafoues...

Et pourtant que ferais-tu de ma compassion, monstre fier et pitoyable, ma sœur à demi, à demi seulement, bien plus belle que moi, mais combien plus fragile ?... Mes mains hésitent encore au bord de la tendresse, et ma bouche aussi, que, soudain, elle oublie de forcer, pour s'adonner à une cavalcade des plus spectaculaires. Son corps pantelle, chancelle, tressaute, tout entier gagné par la fièvre, mais elle ne jouit toujours pas...

Et toi, le mâle, le vrai, vas-tu tenir longtemps cette cadence fulgurante ? Je m'inquiète pour vous deux, pour toi, surtout, qui risques à tout moment de bousculer notre ordre, de tenter autre chose, une autre approche, dans une autre position. Je connais ton goût de la variété, et l'ardeur astucieuse que tu déploies à dépayser souvent la volupté. Gare au choc, alors ! Ta réaction m'épouvante à l'avance. Aussi lorsque Carmen Jones, une main sous mon menton, tente de me relever en commandant : « Viens ! Retourne-toi ! », la terreur me gagne complètement. Non ! Non, surtout pas ça ! On ne va pas s'enfiler en couronne, maintenant ? Je ne veux pas, je ne veux pas que tu t'aperçoives de la vérité, je ne veux pas que tu te voies en train de baiser un travioque, je me sens responsable de tout, de ta surprise que tu ne sauras pas déguiser, de ta débandade peut-être, et de la haine dans son regard... à lui ? à elle ? Comment faut-il dire ? Comment faut-il faire ? ? ?

Je suis paniquée. Pas niquée mais je m'en fiche. Le feu au cul m'a passé depuis un moment déjà. Je suis prise au piège absurde de notre trop grande et trop illusoire liberté... C'est un cauchemar. Tu continues à scier derrière elle, salace, innocent... Mais pour combien de temps encore ? Je lutte de tout mon corps agenouillé, comme pour implorer un étrange pardon. Pardon, je ne le ferai plus, je ne savais pas... Je combats d'une main désespérée son poignet sous mon menton. « Relève-toi ! Retourne-toi ! »... Mon autre main a frôlé ma poche. L'ampoule est là, petit cylindre éblouissant d'espoir... Merci, mon

Dieu ! Un petit coup à la sauvette, et je vais retrouver mes esprits...

L'odeur éclate en moi, baigne mon cerveau d'un effluve bienfaisant. Je me sens me détendre et m'élargir partout à la fois, le cœur, le cul et les idées, les idées surtout. Tout devient simple, simple et bon. Attends, travelo, je vais te la faire, ta pipe ; Une vraie de vraie, tu vas voir ! Tu vas oublier l'espace d'un instant ton tourment d'être un homme, à moitié sans doute, mais déjà tellement trop ! Tu vas bénir le ciel de t'avoir fait des roupettes, et regretter peut-être, une seconde au moins, de devoir les brimer, comme les pieds des Chinoises dans les siècles passés. Oublie le sparadrap, travelo, les bandelettes, c'est bon pour les momies... Et, tu vois, tu n'es pas encore desséché. Juteux, au contraire, gorgé de sève. Planquer un bambou pareil, c'est criminel ! Regarde-le germer, quand je le lèche, et pousser encore. Viens dans ma bouche, oui, jusqu'au fond, cette fois, je contrôle bien. Ah ! Le climat tropical te convient ? Chaud et humide... Je te fais une petite mousson à moi toute seule. Je te bave sur la queue avec une abondance que je ne me connaissais pas. Je n'ai jamais eu autant de salive. Je deviens un marécage, tu glisses sur ma langue comme un long sampan, une jonque odorante, à présent recueillie.

Alors, moins nerveuse, ma choute, tout à coup ? Tu te concentres sur tes sensations... N'est-ce pas que je pipe bien ? Attends, attends, ce n'est pas fini. La petite ampoule m'a donné une inspiration, une patience, un pouvoir infinis. Je vais te tremper les couilles, te les rendre gluantes, visqueuses, te mouiller partout et jusqu'à l'âme, te sucer à pleine bouche, à pleines joues, comme un gros bonbon fondant, là, ici, ailleurs, partout, te dis-je...

Frotte ton bout entre mes lèvres, amuse-toi au petit bruit de bouchon humide qui quitte la bouteille, frotte plus loin, le ventre de ton dard sur le bout de mes dents, plus court, la fente de ta bite à la pointe de ma langue, plus long, tout le manche enfoncé et la peau des couilles sous ma bouche... Tu te sens grossir ? Ah ! Mon vieux, qu'elle chance d'être un mec ! Quelle veine d'avoir tout ça dans la culotte à te faire gougnoter. Tu es fait pour être sucé, pompé, aspiré, bu, tété, mâchonné... Un banquet à elle toute seule, ta bite ! Tu as déjà pensé que tu portes un vrai supermarché de l'alimentation, sous ta robe ?

Aux primeurs, tout ce qui se trempe, se dresse, s'effile, se mouille : poireau vinaigrette, asperge sauce mousseline... Mes sœurs, ce soir nous avons des carottes. Et raides, encore ! Aux charcuteries, on croule sous la marchandise. C'est une orgie de saucissonnailles... Je te bouffe l'andouille, je te broute la chipolata, je t'avale le salami, pendant que tu te fais reluire la rosette. Jésus ! Quel pique-nique ! Où tu tiens les deux rôles, d'ailleurs : papa pique, et maman nique !

Et la marée ? Dis, tu sais que j'aime ça, l'anguille de caleçon, la truite frétillante, le goujon farceur ? D'un coup de nageoires, te voilà à nouveau tout au fond de mon palais, à me chauffer le menton de tes prunes brûlantes. Déjà le dessert ? Attends, laisse-moi organiser, je suis une gourmande raffinée : laisse-moi sucrer mon café (sapeur, comme il se doit) d'une longue canne à sucre, laisse-moi y humecter ton biscuit, y tremper ton pain au lait... Vivent les mouillettes !

Au diable les calories ! Je m'offre un festin dans toutes les règles de l'art. C'est le moment euphorique où les convives repus passent aux blagues belges. Pour moi, ce sera une blague à tabac, de même nationalité, évidemment, et je vais te fumer le cigare, lopette dans la soie, scheb en fourreau, enfoiré, même que j'avalerai la fumée comme une grande, sans tousser... Si tu veux bien me servir les liqueurs...

Et d'une main amoureuse et gourmette, je lui flatte les couilles, comme on tâte, en rêvant, le flanc d'un beau flacon d'alcool au renflement prometteur. Le côté surréaliste de la situation, c'est que si j'insinue mes doigts un peu plus loin, je touche une autre paire, la tienne en l'occurrence, mon chéri, qui continue à s'écraser rythmiquement sous ses fesses rebondies, à s'en décoller pour revenir s'y coller à nouveau...

Quatre frangines d'un seul coup de paluche, jolie famille ! J'ai la main gauche comblée par les quatre filles du docteur Darche, et la droite serrée à la base du Popaul dont cette Virginie qui n'a rien de virginal m'astique les glandes salivaires. Si cette bite était un rabot, je ne donnerais pas cher de ma langue !...

Le brûle-gueule que je lui fignole va bientôt mériter son patronyme... J'ai les condyles des mâchoires à l'agonie, la menteuse soudain très lasse, et je biberonne toujours. Dites, les mecs, vous pensez aller au fade à quelle heure ? Jamais une petite giclette ?...

Si je pouvais humer encore un petit coup d'acide... Mais il n'y faut point songer, dans l'état actuel des choses, que je malaxe avec une impatience compréhensible.

C'est pas vrai, ce trave est un peine-à-jouir terrible ! Bon, dernière ligne droite, je te préviens, je passe la quatrième ! Cette fois, c'est la turlute diabolique, ma bouche hermétique autour de ton zob récalcitrant, ma langue et mon palais comme des ventouses, mes lèvres comme des sangsues... Je vais te l'aspirer de force, moi, ta semoule, pisse-menu, constipé, bite-à-sec, je vais te l'arracher des rognons, te sonder, t'opérer, te saigner à blanc, tu vas foutre, nom de Dieu !

Ta queue a dû doubler de volume, je la pompe à

m'en asphyxier ; on n'a jamais tutoyé le pontife avec autant de foi, autant de religion... Allez, les burettes, c'est le moment de l'élévation ! Tu parles d'une messe ! Je te fais la bouffarde du siècle, le pompier pyromane, je te boute le feu et te débouche la lance en même temps...

Ah ! Rabelais, c'est bien joli, d'extraire la substantifique moelle ! Encore faut-il y arriver ! Et de cet os-là, que je ronge depuis bientôt un quart d'heure, ne coule pour l'instant qu'un filet de clair bouillon qui se mêle si intimement à ma salive que je ne sais pas si c'est lui qui jute ou moi qui bave...

Je le promets, je le promets ! Celui-ci est le dernier de mes Mohicans, plus jamais, jamais, je n'en scalperai, c'est le calumet de la paix que je fume !... Mais alors, quelle énergie j'y consacre : j'aspire à m'en creuser les joues, à m'enfler le cou. La grenouille, c'est moi, et le bœuf, dis, pépette, qui c'est ? T'as quand même quelque chose dans les amourettes, j'espère, parce que la stérilité de mes efforts parviendrait à me désespérer, tu vois...

Non, tout de même, il y a une justice, une morale ; j'ai appris à l'école que la persévérance est toujours récompensée ! La voici qui vient, la mâtine, la coquine, à grand galop, à grands cris, elle trépigne dans la tourmente et chante sous l'orage. En renversant ma nuque raidie, j'aperçois tes mains agrippées à ses seins, et les siennes par-dessus, qui te griffent furieusement, j'aperçois son ventre lisse et foncé qui se contorsionne sous le plaisir, et je reçois enfin l'éclaboussure de sa joie, d'une gorge incrédule qu'aspergent trois longs spasmes fructueux, accompagnés de plaintes syncopées, musicales, presque lyriques... Chante, Amanda Lyre de cabinet, âme en délire, diva de vestiaire, castrat tragique ! Pour une bite au rebut, au secret, au cachot du sparadrap, la tienne vient de me balancer un yaourt des plus nutritifs, histoire de me faire remarquer qu'à mon menu de tout à l'heure, j'ai oublié le fromage...

Il ne me reste plus qu'à souhaiter que, derrière elle et à ton tour... Mais je n'ai pas le loisir de m'angoisser plus longtemps. J'avais oublié que, hormis jouir, cette Marilyn à clochettes fait tout très vite. D'un même mouvement, elle quitte mes lèvres, se sépare de toi, rabat sa robe, attrape son sac, jeté avant la bataille au hasard d'une patère, ramasse par terre la pauvre loque de son cache-misère inutilisable, et disparaît presque instantanément dans une pirouette, sur un « Salut ! A la revoyure ! » qui nous plante, pantois, l'un en face de l'autre, estomaqués par ce tourbillon, par cette disparition, par le vide soudain qu'elle a laissé entre nous, et par un lent retour à la réalité que ponctue, tout près de notre cachette, le chuintement d'une chasse d'eau...

Je n'ose presque pas te regarder... Qu'as-tu vu, au juste ? Qu'as-tu saisi de ton insolite maîtresse, qu'as-tu deviné de son empressement à te tourner le dos, de sa hâte à nous abandonner ? N'as-tu pas senti, sous tes couilles, un frôlement douteusement identique, pressenti à la jouissance qui l'a fait se cabrer une jouissance semblable à la tienne, la victoire d'un jaillissement longtemps convoité, le triomphe de l'homme qui gicle enfin, vient au monde et meurt à la même seconde ?

Je ne sais pas si tu as joui toi-même, et je n'ai pas le courage de te le demander. Ta bite est encore nue hors de tes vêtements en désordre, et raide encore. Mais ce n'est pas une preuve car je la sais rétive au-delà de l'honnête moyenne, et je l'ai vue parfois, faisant fi de toutes statistiques, repartir à la charge après un premier rush sans avoir seulement feint de faiblir...

Gageons tout de même que l'aventure t'a fatigué, tu sembles un peu abasourdi, un peu ralenti. Je m'interroge toujours sur tes impressions, attendant ton verdict, lorsque après un soupir (regret ? lassitude ? résignation à voir finir les meilleurs moments ?), tu me souris enfin en déclarant : « Elle était bonne, hein ? »

Ah ! ça, mon chéri, oui, bien bonne ! Des comme celle-là, il n'en arrive pas souvent !... Mais compte sur moi pour ne pas déshonorer, d'une confidence égayée et gauloise, le souvenir que tu garderas de cette jolie fille qui te tendait ses fesses... Vous étiez beaux tous deux, et je restais dans l'ombre, humble et diligente, à boire au goulot du malheur, à consoler, de ma bouche et de mes mains, cette métisse émouvante et splendide, qu'un ironique destin fit hésiter entre deux couleurs, entre deux races, entre deux sexes, cette sirène navrée de sa queue, cette prisonnière d'un seul et tragique barreau, cette figure de proue d'un navire en partance qu'amarre cruellement une bitte importune...

Berce, mon amour, l'orgueil d'avoir possédé une créature de rêve, une vamp, une star, une cavale effrénée, et laisse-moi, sans le savoir, à ma peine d'avoir fait si peu, d'avoir pu si peu, d'avoir trouvé sous le pauvre pansement un abcès lancinant, et d'y avoir seulement appliqué ma bouche, comme on cherche à extraire de la plaie, après la morsure du serpent, le poison qu'il y laissa...

Viens dehors, mon amour, mon homme, mon cher complément, viens respirer la nuit, et le bonheur d'être deux, et différents, et prévus l'un pour l'autre. Viens me faire aimer ma féminité, ta virilité, et l'aisance qu'elles ont à se rencontrer, à se combler... Mets ta main là, entre mes cuisses, où c'est chaud, creux, partagé, mouillé, vibrant, troué...

Tu sais qu'il y a des gens qui pleurent dans l'ombre, de ne pas avoir ce trou-là, ce bouton-là, cette fente-là ?

... Dis ? Tu m'en as gardé un peu, à moi au ? Dis ?

Tu me prends ici, dans la rue, contre le mur ? Oui, juste là, dans ma chatte... Je crois que je suis née avec ce sillon, avec cette grotte pour un jour te connaître, te les donner, et désormais me sentir vide quand tu n'y viens pas... Comme tu es délectable, ce soir, et comme tu me fais jouir !

Si je te disais que tu m'as appris mon corps, et le plaisir d'en jouer, est-ce que tu me croirais ? Si je te disais que je n'ai jamais été aussi heureuse d'être une femelle chaude, ouverte, odorante, facile, tu me croirais aussi ?

Si je te disais que...

EPILOGUE

Il serait malhonnête de nier que, dans notre histoire, il y eut des épisodes beaucoup, beaucoup plus indécents... La baise au cinéma, la partie triangulaire ou l'anecdote du gynéco maso ne sont que d'aimables broutilles au regard de ce que parfois, de ce que finalement et presque involontairement nous vécûmes... Je dis « presque involontairement » car il est évident que pour nous adonner à de telles extrémités, nous n'avions, comme on dit, pas « toute notre tête ».

Perdre les pédales et laisser parler la bête en chacun de nous, la laisser s'exprimer avec des mots crus, et des gestes salaces, ce n'est rien, cela arrive à tout le monde. Ne devenir qu'un sexe, qu'un cul, brûlant et déchaîné, ne voilà rien que de très banal et de très pardonnable. Mais mêler le... — j'ose à peine prononcer le mot, mais vérité oblige, m'absolve qui peut ! — mêler le cœur à ce genre d'affaires relève tout de même, vous en conviendrez, d'une satanée audace, et d'une obscénité à la limite du supportable.

Pourtant, ça je le jure, nous nous l'étions absolument

défendu, en riant, d'ailleurs, comme si nous évoquions une éventualité rigoureusement impossible. Nous avions dit « Interdiction d'aimer » comme nous aurions dit « Interdiction d'aller sur la lune ». Hélas, hélas, à force de chercher le septième ciel, à force de nous envoyer en l'air, nous faillîmes bien quelquefois alunir, sans même y penser, sans nous en rendre compte...

C'est de ces moments-là que je vais te parler aujourd'hui, dussé-je martyriser ta pudeur et violer ta mémoire qui les a peut-être remisés au placard comme autant de scandales à étouffer. Crois-moi, je souffre aussi à crier, d'autant plus que je ne suis pas la moins coupable, loin de là. Mea culpa. Je passe aux aveux. Qu'on veuille bien se souvenir que faute avouée...

Il y avait eu des signes avant-coureurs, et nous aurions dû nous méfier. Je me souviens qu'un jour, après une frénétique chevauchée des plus saines — tu m'avais besognée longtemps, tu avais exigé que je jouisse un nombre respectable de fois et je n'avais pas cru devoir te contrarier — nous reprenions haleine, jetés un peu n'importe comment, l'un contre l'autre, et nous adonnant au plaisir innocent de petites confidences sans importance et de taquineries complices.

Tout à coup, à une grimace que j'ai faite, ou à une interjection peut-être qui m'a échappé et que tu as sûrement trouvée drôle, tu as eu un élan vers moi, très spontané, très vif, très nouveau, tu m'as prise dans tes bras avec ce commentaire apparemment anodin : « Ah ! Je t'aime bien ! » Je me suis blottie contre toi pour cacher mon trouble. Ce que tu venais de dire là me semblait très hardi, soudain.

J'ai lutté ; je me suis sermonnée. Je me suis démontré que je n'étais qu'une sale vicieuse qui se faisait du cinéma dans sa petite tête et voyait le mal où il n'y en avait pas, et que ton exclamation, nette et sans arrière-pensée, résultait assurément d'un attendrissement post-coïtal des plus normaux.

N'empêche, cela ressemblait beaucoup à ce que l'on appelle généralement un « cri du cœur »...

Pour ma part, il est vrai que j'avais déjà depuis quelque temps l'impression de faillir. Je n'étais pas toujours une honnête maîtresse, et mes préoccupations s'éloignaient parfois du droit chemin qu'elles n'auraient jamais dû quitter : celui que traçait ta queue lorsqu'elle s'enfonçait bien raide en moi...

Je m'étais mise à rêver de toi, mais est-on coupable de ses rêves ? L'horrible de la chose, c'est que mes rêves n'étaient pas forcément érotiques. J'ai honte de le confesser, mais il m'arrivait de plus en plus souvent de penser à toi sans me branler, sans même ressentir la franche chaleur, le loyal frisson que l'évocation d'un amant doit susciter dans la culotte de sa maîtresse. Il y avait quelque chose d'autre que mon sexe qui s'émouvait en moi, quelque chose que je ne savais trop où situer, mais qui, incontestablement, me paraissait louche. J'ai gardé pour moi le plus longtemps possible ce doute abominable, et puis, un jour de forte grippe, à la faveur d'une fièvre qui pouvait tout excuser, accrochée à toi, j'ai entrepris de te révéler l'affreuse vérité : j'étais assurément tombée bien bas, car sournoisement, visqueusement, j'avais commencé à t'aimer...

Tu as été parfait de tact et d'indulgence. Tu as fait semblant d'ignorer cette petite saleté à laquelle je venais de me laisser aller. Un gentil sourire au coin des lèvres, le geste apaisant et le verbe avare, tu m'as câlinée pour me fermer la bouche... Finie, disparue, envolée la petite saleté d'un aveu qu'on pouvait regretter !... Lavée par un baiser, niée par une moue dubitative, la petite saleté s'est mise à fondre au soleil de ta candeur qui, on la comprend, se complaisait plus facilement à écouter mes délires orduriers des instants fougueux que mes mots d'amour malades...

Forte de ton exemple et d'un traitement carabiné, je me suis très bien remise. « Tu sais, ce n'était qu'une grosse fièvre ! » Bien sûr, tu savais... Tu savais d'instinct, tu savais d'expérience, tu savais « par cœur »...

Après ma défaillance passagère, je me suis promis : « Jamais plus je ne souillerai une si belle histoire de fesses par la trivialité de mes sentiments impurs », et je me suis appliquée de toutes mes forces à oublier qu'il y avait en moi un endroit bizarre, ni trou, ni poil, ni peau, qui t'attendait encore avidement lorsque tu avais caressé, léché, comblé tous les autres...

Vaille que vaille, j'ai reconquis mon innocence par des procédés très pascaliens. « Pour croire en Dieu, disait le philosophe, agenouillez-vous et priez, ça viendra tout seul ! » J'ai donc entrepris une rééducation parfaitement consciencieuse. Interdiction de penser à toi autrement que comme un amant. Ce qui impliquait toute une série d'exercices spirituels et physiques : ainsi, je m'entraînais à n'évoquer de ton âme que son attrait pour les fantaisies du sexe, de ta voix, que les intonations les plus rauques, les plus troublantes, et de tes yeux, que les éclairs lubriques qui les jaunissaient. Mais de toute façon, il valait mieux encore imaginer ton corps plutôt que ton âme, tes mains plutôt que ta voix, et ta queue plutôt que tes yeux...

De plus ces fantasmes devaient s'accompagner, chaque fois que possible, de sacrifices sérieux à l'onanisme le plus convaincu. Je me suis donc caressée un certain nombre de fois en pensant à toi, dans un but éminemment thérapeutique. J'en arrivais à me demander si je n'avais pas redécouvert le réflexe de ce fameux savant russe dont le chien salivait à la moindre sonnerie ; tu remplaçais le chien par une chatte, la sonnerie par un prénom — le tien en l'occurrence — et tu obtenais le même résultat...

J'étais en bonne voie de guérison.

C'est toi qui as tout compromis. Oui ! toi ! Et la rechute a été fort sévère, pour ne pas dire définitive. Un jour, tu as décrété : « Je veux passer toute la nuit avec toi ; je veux dormir avec toi ! » et j'ai éprouvé un petit choc délicieux. Non que je n'eusse jamais pensé à une telle extravagance, mais j'avais toujours eu peur que mon caprice ne relève, à tes yeux, d'une très vulgaire mièvrerie. En proclamant « Amour interdit », nous avions dressé à notre manière des barrières, nous avions inventé des tabous. « Amour interdit », cela ne signifiait-il pas aussi « Sentimentalité interdite » ? Dormir avec moi, tu avais dit « dormir », c'était un programme encore inédit, jamais réalisé, jamais seulement envisagé, dont la perversité soudaine me bouleversait.

Nous avions, pour comble de corruption, soigné la mise en scène. Ni la lumière crue dont tu aimais d'habitude éclairer nos ébats, ni la nuit complète qui favorisait le délire des esprits en même temps que l'explosion des corps ; mais la lueur d'une bougie, dangereux égarement vers le romantisme, vers l'intimité, vers la tendresse et la douceur. L'éclat de sa flamme dansait sur nous et nous faisait plus beaux, plus mystérieux, plus émouvants... De plus, nous n'étions pas seuls dans la maison, et les cloisons fragiles, trop peu discrètes, nous interdisaient la turbulence de nos élans ordinaires. Comment ne pas succomber au climat alors ? Pénombre que réchauffait sans la trahir l'éclair ambré d'une chandelle, et silence feutré, peuplé seulement de nos chuchotements... De plus coriaces que nous se seraient laissé tenter...

J'avais une furieuse envie de toi, et j'ai cru d'abord que mon corps, ce cher compagnon solide et décidé, monopoliserait notre attention à tous deux. Il s'est conduit en héros, se jetant à l'eau pour sauver les apparences et noyer le poisson, se démenant, se débattant, et jouissant très vite, très vite et très fort pour me couper le souffle et la parole.

Mais c'est toi qui as parlé. Ah ! Tu n'aurais jamais dû parler ! Ta voix, dans cette chaude obscurité tremblante, ta voix plus basse, plus grave que les autres jours, et pour une fois si facile, coulait naturellement, comme une eau tiède... Pas une eau limpide, par exemple. Une eau trouble, tourmentée, douteuse, un courant qui remontait des grands fonds en rapportant un butin d'algues arrachées, de sable, de débris de coquilles, autant de secrets, autant d'aveux, de confidences, et je t'écoutais figée par la stupeur et une immense reconnaissance...

Oh ! Ce qu'il dit ! Ce qu'il dit ! Nous nagions en pleine folie, toi qui racontais tes états d'âme, et moi qui buvais tes paroles avec délectation... N'est-ce pas que cela devenait sordide ?

Bien sûr, les animaux raisonnables qui s'agitaient en nous ont bientôt repris le dessus. Et nous avons sagement recommencé à nous toucher, à nous embrasser, à nous caresser. Mais le cœur n'y était plus. Comprendre qu'il y était trop. Je me suis donnée à toi avec fougue, avec passion, avec égarement. Tu m'as demandé les gestes les plus tendres, les redditions les plus ardentes, tu les as exigés et commentés avec d'autres mots que ceux de ta confession précédente, mais même ces mots-là, cochons, truculents, convenables enfin, me faisaient fondre de gratitude, car c'était peut-être la première fois que tu m'offrais tant de phrases, tant d'éloquence, et le vocabulaire que tu employais tout à coup me rendait hommage en se rappelant mes mots à moi (j'allais dire mes propres mots, les adjectifs ont de ces fantaisies !), ceux que je t'avais parfois murmurés ou hurlés, et que tu avais gardés en toi, et que tu me restituais à présent, transformés, métamorphosés par ta voix d'homme amoureux.

Tu m'as prise souvent et partout, partout à la fois. Tu t'es débrouillé pour ne rien laisser en moi qui ne fût comblé de ta chair, et je consentais avec affolement à toutes tes invasions, je les encourageais, je les exaltais. Tu as franchi ma porte étroite avec une aisance qui t'a surpris. Tu m'as chuchoté : « Tu n'as jamais été aussi accueillante », et c'était vrai, je me sentais profonde, facile, perméable à toutes tes investigations.

Quelque chose en mon être cédait sans violence, sans résistance, les barrages n'existaient plus, j'aurais pu te prendre entièrement en moi... Tu m'avais amollie, attendrie de tes discours, de ta voix plus encore que de ton grand corps vivant où jouait la lueur d'une flamme, plus que de tes yeux dans le noir, plus que de tes mains sur ma peau...

Des mots chantaient dans ma tête, des mots fous qui mêlaient paisiblement l'amour et la bestialité la plus charmante, la plus naïve, des mots banals, des mots fantastiques...

Mon amour, viens, envahis-moi, coulisse bien en moi, habite mon cul comme la seule maison possible... Viens plus loin, encore plus loin. Viens battre tout au fond de moi, buter sur mes digues, les entamer, les abîmer, les creuser. Pourquoi ne viens-tu pas davantage, viens plus gros, plus fort, je suis une caverne magique, enfonce-toi bien dans mes secrets, dans mes trésors. Mets tes couilles aussi, j'ai envie de les sentir en moi, pleines et battantes, élargis-moi, c'est si facile, puisque je t'aime, et que j'ai le droit de le dire... Ma bouche n'a encore rien avoué, mais mon corps, lui, le crie à sa manière. Mon corps qui s'ouvre pour toi comme il ne s'est jamais ouvert. Ce ne sont pas tes doigts, ni ta douce et terrible queue qui l'ont mouillé ainsi, persuadé ainsi. Ce sont tes paroles qui ont coulé en moi, qui m'ont baignée, trempée partout, et je suis un immense gouffre à combler de toi, et qui ne se rassasiera jamais.

A battre ainsi voluptueusement au fond de mon ventre, tu vas me faire partir très loin, je sens la caresse ineffable de tes couilles sur mes fesses, je sens mon cœur qui explose trois fois par seconde, et ton merveilleux boutoir qui m'enfonce, moi si consentante, cathédrale béante où ton bélier s'énerve...

Ça y est, ça y est, ça vient, je vais te le dire, je vais te le dire que je t'aime, que je t'aime depuis si longtemps, et tellement, tellement fort... Je t'aime !

Je l'ai dit, je l'ai dit, consciemment, volontairement, la jouissance n'excuse rien, j'ai proféré cette délectable abomination toute seule, je t'aime, et je ne pourrai peut-être plus jamais jouir sans le crier encore... Je t'aime, je t'aime... Ah ! C'est du beau, du propre, quel gâchis, quelle défaite, l'avoir retenu si longtemps, avoir combattu si longtemps, pour capituler ainsi, à cause d'une misérable bougie et de toi qui deviens bavard !... Je suis navrée de cette incontinence, navrée mais si soulagée...

Tu m'as possédée encore, tu étais couché sous moi, recueilli, et je te chevauchais, mon merveilleux coursier, et ma bouche à ton oreille poursuivait sa terrible histoire... Fais ta place, mon amour, trace ton chemin en moi, je te sens palpiter dans mon sexe comme un oiseau captif, un oiseau très chaud, très vivant, ébloui du piège où il vient de tomber. Je te garderai, je deviendrai ta cage, ta prison de chair et de sang, tous les mots que je prononce tisseront autour de toi une toile où tu ne sauras plus te débattre. Perce de ton dard un tunnel en moi, un tunnel où tu voudrais t'engouffrer toujours et dont la frontière t'enivre...

Pose tes mains sur moi. Tu n'as pas les mains de ton métier. Tu as des mains de maçon, de forgeron, des mains puissantes qui vont m'ouvrir davantage encore. Depuis que je te connais, je ne sais plus me contenter d'une seule visite à la fois, je veux tes doigts dans mon cul, qui me façonneront, qui me rempliront, qui travailleront à ma joie douloureuse et souveraine.

Je veux ta bouche sur mes seins, je veux des contradictions intenses, mon grand, mon tout petit, homme qui viens de mes entrailles et y retournes comme le saumon remonte à la source, je veux être ta femme et ta mère, je veux t'abreuver d'un lait imaginaire, d'un lait de tendresse et de prodige.

Je veux que tu me tiennes très ouverte, très écartelée, que tes bras soutiennent mes cuisses et que ton assaut soit impétueux, profond, je veux douter si je baise ou si j'accouche, si tu es en train de m'engrosser ou de naître de moi...

J'exige le paradoxe ; j'exige que tu m'attendes, que tu retiennes en toi ton foutre jusqu'à la limite de tes forces, que tu te resserres, que tu te réserves longtemps, longtemps, pour m'offrir le plaisir longtemps, longtemps, et j'exige que tu te rendes, que tu coules, que tu gicles, que tu m'arroses, que tu jouisses très vite et très fort, que tu vides tes couilles avec un cri de surprise et de bonheur, de regret et de victoire...

Je veux toutes ces preuves d'amour, et bien d'autres encore, les plus ordinaires, les plus usées, les plus merveilleuses. Je veux que tu te branles devant moi, que tu en aies un peu honte, et que ton obéissance me bouleverse : Je veux suivre du regard ta main sur ton manche, la position toute particulière du pouce qui fignole le mouvement, je veux ta grimace concentrée, ta fièvre solitaire qui au dernier moment te jette vers moi ; tu te pends à mon cou de ta main innocente, tandis que l'autre échappe désormais à ton contrôle dans sa course frénétique ; tu te pends à mon cou pour m'inviter, m'associer, me remercier... Comme tu es lourd au moment où tu jouis, comme tu es vivant et magnifique, et comme je t'aime de m'aimer assez pour être simple, et homme, et pour dire : « C'est la première fois que je fais ça pour quelqu'un !... » O formule grisante : « la première fois » ! Car parmi toutes mes exigences, parmi toutes mes banalités, il y en a encore une, impossible, utopique, enivrante : être la première, la première quelque part pour toi, la première et la seule peut-être, la plus, la moins, la superlative, celle qui éclipse de sa présence et de ses mots, de son amour et de sa ferveur, toutes les autres...

La nuit n'est pas finie et nous divaguerons encore longtemps, désormais résignés à notre triste sort de débauchés qui s'aiment. La bougie brûle, symbole d'une éloquente fragilité, mais, protégé du vent, si tenace... Je brûle avec elle et ma flamme n'est pas moins fervente. Tu parles encore, et c'est la fête en mon cœur. Tu parles et tu m'émeus, de tes mots simples et sans promesse, de tes phrases au passé, et de ton soin touchant à ne jamais conjuguer le futur...

La seule vision d'avenir que tu m'as proposée est restée gravée dans ma mémoire comme la plus bouleversante de toutes tes confessions. « Il ne faudra pas m'en vouloir si un jour je m'en vais... » Et j'ai accepté de toi, de toi seul, ce qui m'aurait blessée d'un autre ; mieux qu'accepté, je l'ai savouré...

A n'importe qui ma susceptibilité offensée aurait répondu : « Et pourquoi ne partirais-je pas la première ?... » Mais de toi je savais exactement ce que la formule signifiait, et je m'enivrais à l'analyser.

Car c'était une déclaration que tu me faisais là, à n'en pas douter. Une déclaration des plus osées, une façon de suggérer : « Et si, un jour, je t'aimais jusqu'au danger, si je t'aimais jusqu'à la nécessité de la rupture ?... » Cette pensée, digne de Napoléon qui disait déja : « En amour, il n'y a qu'un héroïsme : la fuite ! », cette pensée impériale et délicate, cette façon d'avouer et de te rétracter ensemble demeure pour moi un joyau sans prix, la bague de fiançailles que tu ne m'offriras jamais, la non-demande en mariage d'un homme qui se sent au bord de la passion, et se prépare pourtant à n'y jamais céder.

Voilà comment j'ai compris ce : « Il ne faudra pas m'en vouloir si un jour je m'en vais » ; voilà pourquoi cette prière est restée à mes yeux la chose la plus inouïe que tu aies jamais prononcée, le moment le plus torride de notre roman libertin...

Non, mon tendre amant, je ne t'en voudrai pas, tu es libre de tes mouvements, de ton âme et de ton cœur, libre de tes inquiétudes et de tes scrupules, libre aussi de tout remords, car j'aurais ce stoïcisme, s'il le fallait pour te plaire, de jurer comme Cyrano au moment où il meurt : « Non, non, mon cher amour, je ne vous aimais pas !... »

Et tu m'as reprise encore, pour conjurer l'émotion, cette entremetteuse redoutable. Tu m'as serrée plus fort, plus près pour prendre du recul, et tu m'as fait l'amour comme pour le défaire, aussitôt qu'avoué. Le plaisir m'était facile, cette nuit-là. J'ai couru, volé, dansé dans tes bras, comme un petit chien fou, comme une Brésilienne possédée de samba, comme un que poursuivrait un péril incertain.

Je t'ai fui moi aussi, j'ai nié ton pouvoir alors qu'il venait à peine de m'éblouir, et je me suis appliquée à t'ignorer, à ne jouir que de ton sexe impérieux, de tes mains soudain plus habiles, de ta peau qui glissait contre la mienne, de ta bouche prodigue de baisers et d'autant de sésames, qui me faisaient m'ouvrir, m'éclater et me rendre...

Mais, hélas, au moment de la joie, ma langue m'a trahie, prononçant ton prénom, que toujours j'avais su jusque-là retenir... Impétueux comme un cheval évadé qui franchit la barrière, ton prénom a caracolé dans le noir, et plus jamais je n'ai pu le reprendre, le réduire au silence... Narquois comme un prisonnier en cavale, il m'est remonté bien souvent aux lèvres depuis, toujours en des instants où ma vigilance, endormie de volupté, ne pouvait le contraindre...

Et nous avons dormi, si miraculeusement emboîtés l'un à l'autre dans ce lit étroit, deux pièces complémentaires du même puzzle, compagnons rompus tout à coup aux contingences du quotidien. L'expérience eût dû être nouvelle, pourtant j'avais cette impression bizarre d'avoir toujours partagé ton sommeil, et de savoir d'instinct l'attitude à prendre pour m'adapter à ton grand corps et ne pas le gêner. Je t'ai découvert dans le repos, modeste et gentil, attentif à mon bien-être comme je l'étais au tien, et j'ai pensé : « Ah ! Nous n'aurions pas dû ! Il me fallait garder son image éveillée, péremptoire, égocentrique parfois, turbulente. Maintenant je vais l'aimer aussi parce qu'il dort, et que son sommeil est encore plus attendrissant que tout le reste !... » Tu vois, je venais de toucher le fond de la pornographie, de l'horreur, de l'indicible...

Le petit jour nous a surpris, fatigués, troublés, comme ahuris par l'aventure. Tu es parti sans beaucoup de paroles, et j'ai eu l'immense espoir soudain que ce n'était rien, que la nuit passée s'apparentait à une espèce de cuite à deux où nous aurions divagué de conserve, et où nous nous serions exaltés plus qu'il n'était permis...

Lorsque je t'ai revu, tu t'es montré un peu lointain, un peu tiède, un peu volage. Oh ! à peine, mais déjà tellement trop ! A la souffrance qui s'est levée en moi, vive, aiguë, lancinante, j'ai compris que je pouvais faire une grande croix sur mes espoirs de guérison, une lourde, une douloureuse croix. Hélas ! Le diagnostic venait de se préciser tout à coup, d'une façon lumineuse et irrémédiable, à ces symptômes trop évidents : mon doute si ton regard semblait me fuir, et mon chagrin s'il se posait sur une autre femme...

J'ai tâché de considérer la vérité bien en face : c'était grave, très grave. Une tumeur peut-être pas incurable, en tout cas maligne. Pire qu'un abcès cruel mais vite crevé, une véritable maladie, insidieuse, évolutive, attrapée par imprudence, par inadvertance, par naïveté. Une maladie de cœur, de celles dont on croit volontiers qu'elles n'arrivent qu'aux autres.

J'ai respiré très fort, et j'ai décidé de vivre ainsi, avec cette maladie honteuse et bien cachée, cette lèpre, ce cancer, ce nénuphar dans ma poitrine, qui m'étouffait un peu, mais que personne ne voyait, qu'autour de moi on ignorerait toujours : mon amour de toi.

Ton passage sur ma vie n'a pas été sans trace. Tu es le père de cet enfant, le seul que nous aurons jamais ensemble, que je mets, ligne après ligne, page après page, peu à peu au monde, et que tu as su appeler, susciter, suggérer... Ta paternité, comme toutes les paternités, se borne à ce seul rôle de ferment, j'accomplis le reste avec sérieux, avec ferveur, avec la douleur et le plaisir de travailler longtemps et de choisir des mots, des formules et des phrases pour accoucher seule de notre œuvre commune : un enfant de l'amour, un enfant de papier, fabriqué avec ta semence — les souvenirs que tu m'as laissés, les rêves que tu m'as inspirés — et né de mon labeur fidèle, de ma gésine d'écrivain ; l'enfant de papier d'une femme de papier...

Je te le dédie en mémoire de nos aventures et de nos errements, en gage d'un amour qui ne se rendit jamais aux pièges du quotidien, et qui, devenu trop sincère, préféra l'abnégation à la banalité...

A toi, donc, homme aux yeux jaunes, mon amour interdit, dont le sexe enthousiaste et la pudique tendresse hanteront longtemps ma mémoire de femme de papier...

Cet ouvrage a été reproduit
par procédé photomécanique
et réalisé sur
Système Cameron
par la SOCIÉTÉ NOUVELLE FIRMIN-DIDOT
Mesnil-sur-l'Estrée
pour le compte des Éditions Ramsay
le 2 juin 1989

Imprimé en France
Dépôt légal : juin 1989
N° d'édition : 2214 – N° d'impression : 12287